O QUE DEU PARA FAZER
EM MATÉRIA DE HISTÓRIA DE AMOR

ELVIRA VIGNA

O que deu para fazer em matéria de história de amor

1ª *reimpressão*

COMPANHIA DAS LETRAS

Copyright © 2012 by Elvira Vigna

Grafia atualizada segundo o Acordo Ortográfico da Língua Portuguesa de 1990, que entrou em vigor no Brasil em 2009.

Capa
Elisa v. Randow

Preparação
Márcia Copola

Revisão
Carmen T. S. Costa
Ana Maria Barbosa

Os personagens e as situações desta obra são reais apenas no universo da ficção; não se referem a pessoas e fatos concretos, e não emitem opinião sobre eles.

Dados Internacionais de Catalogação na Publicação (CIP)
(Câmara Brasileira do Livro, SP, Brasil)

> Vigna, Elvira
> O que deu para fazer em matéria de história de amor / Elvira Vigna — 1ª ed. — São Paulo : Companhia das Letras, 2012.
>
> ISBN 978-85-359-2079-6
>
> 1. Ficção brasileira I. Título.

| 12-02471 | CDD-869.93 |

Índice para catálogo sistemático:
1. Ficção : Literatura brasileira   869.93

[2022]
Todos os direitos desta edição reservados à
EDITORA SCHWARCZ S.A.
Rua Bandeira Paulista, 702, cj. 32
04532-002 — São Paulo — SP
Telefone: (11) 3707-3500
www.companhiadasletras.com.br
www.blogdacompanhia.com.br
facebook.com/companhiadasletras
instagram.com/companhiadasletras
twitter.com/cialetras

O QUE DEU PARA FAZER EM MATÉRIA DE HISTÓRIA DE AMOR

*Ao Santiago,
a minha saudade*

PARTE I

1.

Chega um cheiro de cigarro da mesa ao lado. Aspiro. Não fumo, nunca fumei, se me perguntarem, não gosto de cigarro, não perguntam, já sabem. No entanto, gosto. E podia parar por aqui. Porque é nisto que penso. Nessas histórias que parecem uma coisa e são outra. Se forçar a barra, chego no suspense, no será que. Por exemplo. Espero Roger. Já sei. Oi. Oi. E aí. Tudo bom. E, quando afinal ingressarmos no pós-introito, ele vai falar do Guarujá. De eu ir ao Guarujá. E eu vou dizer que não quero. E, no entanto, quero.

E quero porque preciso da história. Precisamos. Digo, não eu e Roger. Apenas. Mas todos. Um suspensinho para, uma vez resolvido, acharmos que tudo está resolvido. E pior. Suspensinho resolvido e o ahhh subsequente embora todos — eu e o resto do universo — saibamos: suspense nenhum. Adeus, suspense. Já sabemos tudo. Antes. Antes de acontecer já sabemos. Não é nem o vai dar merda. Não vai dar. Já é. Acho que é coisa de pós-guerras. Assim, no plural. Não mais guerras, mas batalhas pulverizadas em cada momento de todos os dias. E é isto que eu quero/não quero. Não mais o suspense. (Porque matou, viu, digo logo: matou sim, é o que eu acho.) Mas a história. Já que, sem nada além de batalhas corriqueiras, todas iguais, só nos resta inventar: interesses, palpitações — e sentidos.

Invenções modestas, é bom que se saiba. Porque depois do nine eleven dos gringos, tão cinematográfico, tão mas tão, devemos ter a humildade de nos recolher a produções menores. Guarujá, pois.

Invenções menores e parciais, vou avisando. Quase que não, as invenções. Porque depois de tantos superpoderes, um em cada esquina, é o que funciona: o contar apenas, como se fosse uma história. Mesmo quando não é. Ou quase não. Ir me contando, como se não fosse eu, como quem fala dos outros.

No caso, os outros são Rose, Gunther, Arno.

Os três pais de Roger.

No Guarujá, eu indo ao Guarujá, como quer Roger, poderia aperfeiçoar a história que quero contar e que não é bem uma história, mas duas. E cujos nomes não são bem estes, só parecidos. E, contando-os, o que me vem por trás destes nomes, talvez me conseguisse contar, eu, a quem não vou dar um nome.

E não sei o final. Ao começar, não sei como acabo, como ficarei, eu. É meu suspensinho particular.

Este final que não sei qual vai ser, quando vier, se vier, será meu pagamento, aquilo que espero receber pela minha estada por lá. O "lá" que, sim, conheço. Um apartamento fechado por muito tempo, e que estava caindo aos pedaços mesmo antes de ficar fechado. E cujas tomadas nunca souberam o que é internet. E numa praia deserta: é agosto. Meu pagamento será, assim espero, um quase ponto-final na minha história, a real, com Roger. E aí, a partir deste quase ponto-final, como um dominó ao contrário, uma vez este quase ponto-final obtido, tudo se levantará ordenadamente na minha frente. O quase ponto-final uma vez obtido, trrrrrrr, um barulho das peças se levantando, em ordem, tão em ordem, ah, uma ordem, sequencialmente, ah, uma sequência, até a maiúscula inicial. Ficarão lá, os bloquinhos de pé, perfeitamente visíveis, inteligíveis, formando um caminho claro, veja só, acaba aqui, começa portanto ali. Fazendo o maior sentido.

E é um quase ponto-final, e não um ponto-final inteiro, redondo, indissolúvel, perfeito, porque a história, por mais que eu (me) imponha uma Rose, um Gunther e um Arno há muito extintos, nunca poderá ser só minha. Só contada por mim. Dela, meu controle é bem relativo. Pois me faltará sempre o conluio dos outros. Um "é sim".

"Foi sim! Foi assim mesmo!"

Não tenho como obter de antemão uma coisa dessas. Me garantir. Por mais que de fato eu não invente. E mostre: aqui, ó, a foto. Aqui, veja, o documento. É verdade. Juro. Roger, por exemplo, nunca aceitou minhas tentativas anteriores de dominó. Ainda que eu mostrasse: mas vem cá, pensa comigo.

Me escudo em uma vantagem, ao contar. Histórias são recebidas, hoje, sempre com um meio ouvido. Todos meio ouvintes que, mal se iniciam na narrativa, já pensam em outra coisa. Claro, vontade, sim, eles têm, de umas pequenas férias da vida lá deles. Umas pequenas férias de si mesmo, quem não quer? Mas entram (entramos) sem acreditar muito em nada. Tentam (tentamos) uma meia entrada com nossa atenção a meio pau em uma seminarrativa sobre o quê, mesmo? Ah, sim, vidas alheias que talvez sejam as nossas. Fazem isso (fazemos) para tentar recuperar, à distância e sem grandes esforços, a vida. A nossa. Mas sem acreditar muito que vá de fato funcionar. Eu sei. É igual para mim. Mesmo em se tratando de vidas — estas, as contadas — com certificado de simplicidade, pois se são contadas. Apresentadas frase após frase, elas ficam, as vidas, se não lineares, pelo menos sequenciais. Necessariamente mais simples que as que de fato temos. Mesmo esta aqui. Nem um pouco simples. E que é a que de fato tenho, mesmo quando, o dia cheio, não a conto, nem para mim.

Não me queixo desse meio ouvido que me espera. Já disse. É uma vantagem. Preciso desse meio ouvido em vez de ouvidos inteiros, pois sequer sei como começar.

Posso dizer que Roger está atrasado. Claro. Sempre está. Um começo ready-made.

Ou posso começar pela década de 60. Década de 60 me parece melhor. Década de 60 explica sempre muita coisa (embora o atraso de Roger também explique muita coisa). Década de 60 explica os petrodólares que surgiam como mágica, o início da ditadura militar, esta outra mágica, também bem besta. E é mágica porque as coisas não mais começavam, duravam e acabavam. A ditadura, por exemplo, começou em 64, e depois outra vez em 68. E acabou sem acabar, de tão aos poucos. É o que eu dizia, batalhas diárias, anônimas, quase sem existir. Em vez de guerras.

E década de 60 também é bom por causa da trepada no chuveiro.

Me parece um bom começo, trepadas no chuveiro.

E esta foi uma trepada no chuveiro enquanto as pessoas tomavam cerveja na sala, e diziam aos cochichos, em risadas, mas será que eles estão trepando no chuveiro? Estão. Estávamos. Mas não é nem certo eu falar sobre isso agora, de entrada, porque ainda não sei, neste momento, como podem ser entendidas essas coisas daquela época. Como posso entendê-las, eu, hoje. Preciso criá-las, recriá-las, para saber ou, melhor, para achar que sei.

Quem dirá saber como é trepar no chuveiro enquanto pessoas tomam cerveja na sala, o disco da Elis Regina. Quem dirá saber como é escutar Elis Regina com o braço levantado e aquela cara de animadora de festa infantil que, não, desculpe mas tinha. Porque as coisas mudam.

As coisas não mudam. Justamente.
Porque poderia contar a história de Arno, Rose, Gunther, Roger — e, em menor escala, da mulher de Gunther — no pós-guerra da década de 40, 50. Como poderia contar a minha, na primeira pessoa, no final da década de 60, início da de 70, a trepada no chuveiro, as pessoas bebendo cerveja na sala. Entre uma e outra, uns vinte anos de diferença. E — acho eu aqui e agora, antes de começar — bem poucas outras diferenças. Por exemplo, em ambas as histórias, nada de tão bombástico. Porque as coisas mudam, as coisas não mudam, mas bombástico definitivamente não é mais uma possibilidade. Mesmo quando o foram. Ao contar, não mais o temos. Bombástico é, já disse, o nine eleven. Bombástico, agora, só em inglês.
Perdemos o bombástico, nós. Nosotros.
Até o mar, quando sobe, o faz devagarinho, ressaca por ressaca, ninguém de fato percebe. E tornam a consertar a calçada. O apartamento do Guarujá não é de frente para a praia. Só perto. Mas dá para escutar a ameaça surda, contínua. Daria. Ninguém escuta. Acostumaram.

Ontem ganhei um CD com uma peça de Gluck. Agradeci, maravilhada de que alguém pudesse me dar uma coisa dessas.
É Gluck, então, que agora, sentada aqui aspirando a fumaça da mesa ao lado, tento recuperar como fundo musical. Não que consiga. Me vem misturado com outra música, que escutei inda há pouco, vindo para cá. A do aparelho de som de um carrão parado no sinal do Passeio Público. Freava sem necessidade, empinando a traseira, de quando em quando. Um ônibus na frente, várias sombras por trás, e tudo numa fumaça amarelada. Cada um com sua biografia. Eu, por exemplo, lembrei de Goya em seu período dark. Está bem. Me esforcei para lembrar. Nem é muito

a minha, esta biografia que cita Goya. É mais a de Roger. Na verdade, para mim, funciona pichação anônima, é mais a minha. E a do quadro em questão. Afinal, trata-se de um Maverick, do tipo turbinado azul perolizado, pum, purum, cabeçote rebaixado e — concordo com a cabeça, disfarçando de simples marcação de ritmo — só pode ser roubado.

Portanto, abaixo o Gluck. Fica o funk.

Quatro caras atrás, dois na frente.

Gluck é só o que eu gostaria de ter, em flautas educadas, por trás da minha vida. Não em toda, mas em algumas cenas, como esta para a qual volto, em ondas. A do presente momento.

Estou em uma mesa de bar e, como sempre, Roger está atrasado.

Minha tentativa é a de fazer o chope durar. Uso para isto o truque da água mineral concomitante — um gole no chope, outro na água. Funciona por um tempo, não muito, e está prestes a deixar de funcionar. O copo de chope vazio e a pergunta vem rápido no meu ouvido esquerdo: se vou querer outro.

Posso escolher, bom comportamento aguardando Roger em total sobriedade.

Ou não.

"Mais um, por favor."

Motoboys.

Uma mulher com três pinguins quase apagados na blusa branca, vítimas de uma tempestade de neve muito lenta, a do sabão em pó barato na máquina de lavar.

Um cara de terno, celular no ouvido.

"Eles vão empurrando com a barriga, porra, e é aí que a gente se fode."

E num intervalo pequeno, ocupado por dedos nas teclas:

"Oi, gata, nada não, só vontade de ver a alegria no teu rosto, a tesão."

Mesmo cara, outra ligação. Mesmíssimo cara.

Um sinal de trânsito pisca sua mão vermelha para pedestres. Inútil. Atravessamos sempre de qualquer maneira, nós, nesta cidade, por entre os carros, alegres suicidas que somos, correndo na frente do ônibus, atrás do prejuízo. A toalha de papel da minha mesa ensaia ir com o vento, e eu ensaio me levantar, louca, a tempo de pegar o sinal ainda fechado. Somos contidas, ambas, por copos meio cheios, meio vazios. E mais garrafa, guardanapo, chaveiro, cinzeiro, palito. Objetos são âncoras mais eficientes do que qualquer sinal de trânsito, ou de qualquer sinal de Roger.

O grupo chega, conheço quase todos. Já sabia que arriscava encontrá-los. Vêm de logo ali. Me chamam. Não quero. Sei que pareço patética com meu chope, minha água mineral, esperando o quê, e há quanto tempo.

Então vou.

Ehhhh. E eu ecoo o ehhhhh deles, garantindo assim que também acho tudo ótimo.

"Vou fazer a Sílvia Tereza", diz Marcelo. "A Regina não vai poder. Ponho um vestidão, peruca, um ar espiritualizado e estou pronto para a estreia."

"Eles estavam contando com oitenta mil reais para sessenta pessoas, cinco dias. Hospedagem na universidade, cano total."

"Passaporte faz pela internet?"

"Eu estava cheio de cortisona, fiz um escândalo."

E Marcelo começa a contar uma história que já conheço. A velha artista de teatro, às voltas com uma burocracia bancária, fala com um funcionário, com outro, vai ao caixa, volta e enfim solta, a voz mansa mas perfeitamente audível:

"Amanhã é sexta, dia de Exu Papacu, o nome de vocês está aqui, no papelzinho, e eu vou estar no terreiro..."

Gargalhada geral, que acompanho.

Os celulares da mesa começam a tocar, sei o que se segue,

irão embora. A moça de cabelão chamada Ana Paula se levanta, diz que está na rua desde a manhã, tem de chegar em casa, o cachorro. Carol pede a conta.

"Incompreensível."

Outro pega a conta da mão dela, confabulam, destrincham. Marcelo, já bêbado, não deixa que se concentrem. Lembra em voz alta da rua esburacada de Saquarema. Ele, eu, Roger, um réveillon. Estávamos de carro procurando vinho para comprar. Ele fala Saquarema com todas as sílabas, não deve estar tão bêbado. Os dinheiros se somam na mesa, não me levanto. Vou esperar, afinal. Ou beber mais. Ou assumir de vez que sou uma pessoa sozinha. Ou catar homem. Ou chegar em alguma coisa que se pareça comigo, seja lá o que for.

Um mendigo também chega, no mesmo momento, em algo que se parece com ele. Limpa o banco na minha frente com a mão. Deita-se. Quase feliz. Ele acha muito bom chegar em casa.

Eu e o Gluck, então. O meu Gluck.

Cedo-o a Rose, que dança.

É esta a cena:

Uma mulher dança sozinha numa sala, em meio a sofás, poltronas, estofados gastos. São muitos, os móveis. E há toalhinhas com acabamento de renda, almofadas adamascadas e objetos em cima dos móveis. Que são de madeira escura, pés torneados em espirais pontiagudas. Um brilho burguês, de flanela e óleo, nesta madeira, e o brilho é realçado pela claridade que vem da janela. Mas a mulher fecha a cortina.

É o primeiro dia.

Está nua, e a peça de Gluck é sugestão que vem da sua memória. Nada específico, nunca é, não poderia. Especificidades, para esta mulher, vão todas em uma só direção, insuportável.

Flautas pouco definidas, então, e o cheiro. É um cheiro de poeira, de uma poeira diferente da poeira porventura existente neste lugar. E essa outra poeira, ela acha, a subjugará assim que pare de dançar. Sabe que inventa. Permite-se. Uma invenção quase que não. Ela sabe que será fácil ver essa outra poeira, grão por grão, caso feche os olhos. A poeira — e a mulher continua devagar, ela própria uma flauta — cairá assim que pare a dança, e cairá em quantidades crescentes, ameaçando esvanecer tudo, ela incluída. E isso embora constate, com uma surpresa igualmente pouco focada, que a poeira, essa, a que cai, a que ela se permite inventar (e quase não), some assim que pousa. Nos móveis, então, e nos objetos, e no chão de taco de duas cores, no papel de parede. Ou nas paredes de concreto nu, sujo, frio, nos vestidos já rasgados de há muito, substituídos por uniformes sem cor ou forma, o número bordado em amarelo, e nos cabelos já cortados, e nas janelas muito pequenas e altas e gradeadas e sem vidro, em que pese o frio. Ou em outras janelas, anteriores às primeiras e, depois, posteriores a elas, e que a elas se sobrepõem. E que são grandes e acortinadas e que abraçam, prendem, então, o Gluck — que não acaba e que se mantém, fio que é. Mas nenhum candelabro de sete velas, estrela de cinco pontas. Sem símbolos, por favor. Não gostamos de reducionismos fáceis.

(Ela não gostava, nem eu.)

Bem.

Braços e pernas ao alto, eis onde ela estava, onde eu estava.

Vamos mais rápido: 1) a dança solitária e nua na sala silenciosa, antes do banho; 2) a respiração ofegante pela dança recém-dançada, pela ousadia recém-experimentada, isso já embaixo do chuveiro; 3) a entrada na cozinha, já composta, já madame, já patroa, cabelos molhados pingando na blusa de pence e costuras, cós e botões, gola virada e ombreira. E broche.

Década de 50. Ainda.

E mais as sobrancelhas da década de 50, que se sobressaem no arco perfeito feito a lápis, neste caso não por moda, mas por necessidade. São sempre úteis, nesta vida que aqui se inicia, sobrancelhas altaneiras. Em caso de embates, altercações, já estarão lá, marcando, com sua presença, uma ausência. Que é a ausência da possibilidade de ter havido, até então, o adjetivo "altaneiras".

A mulher dança na década de 50, a guerra logo ali mal terminada, a não estrela uma escolha. Como também escolha é o dançar nua que, ao ameaçar se tornar, isto também como tudo, símbolo de alguma coisa (por exemplo, erotismo, feminilidade), é imediatamente interrompido.

Não ela.

Dança porque dança. Nunca para seguir roteiros por outrem determinados. Daí que, no seguir dos dias, não dança. Apenas fica lá parada e nua. E não fecha mais a cortina. Dane-se. Diz dane-se, e não foda-se. E há a porta da cozinha, a pedir outro dane-se, este dirigido à empregada, dona de barulhinhos irritantes, e que não canta. Não canta porque está proibida. Também está proibida de barulhinhos, mas isto ela não consegue evitar, embora tente, com mais barulhinhos.

A mulher nua tem um nome, Rose. E marido, Arno. E uma coleção infinita de dane-se, o maior deles dirigido justamente para o próprio Arno, dane-se, porque, mesmo com ele em casa, ela fica lá. Na poltrona, que troca pelo sofá, que troca pela cadeira, que torna a trocar pelo sofá, nua. E de pernas abertas. Mas é um dane-se de mentirinha, este dirigido ao marido, e ela sabe disso. Porque Arno não sai do seu quarto a não ser em horas preestabelecidas, incapaz que é de quebrar rotinas ou atender a expectativas não anunciadas ou planejadas com antecedência. Fica lá, no que chama de sua oficina, na verdade o segundo quarto, o do bebê que nunca veio nem virá, a depender da lei das probabilidades. Afinal, depois de uns cálculos mensais embaraçosos, Rose compreende que, sem trepar, ou quase, que se dane. E o lápis, antes pendurado no calendário da cozinha e em estado constante de atenção, migra para paisagens mais estimulantes, o bloquinho de compras, as palavras cruzadas.

É de Rose principalmente que falarei, então. Será através dela, todo o resto. É o mais fácil. Ou mesmo a única possibilidade.

2.

Peço meu primeiro chope da segunda fase, a fase pós-grupo. O garçom separa nossas ex-mesas, dez centímetros de permissão para que outros sentem, e eu lá, na mesa subitamente minúscula. Eu, a solitária. E recomeço de onde estava antes de o grupo chegar. Eram cinco da tarde, ainda estava claro, e eu esperava Roger, de quem gosto mais quando está perto. Não é isso. Gosto mais de mim, como sou, quando ele está perto. O grupo, este, me é indiferente. Não são meus amigos, são de Roger, são emprestados. Como é o caso de Rose, também um empréstimo.

Se recomeço com Rose mais uma vez (tentei antes, e muito), cineasta que sou de fins de tarde, é porque com ela acho que preciso de menos palavras. E recomeço especificamente com a dança, porque dança não se descreve. E esta dança de Rose, que não me exige palavras, a imagino a partir de outra dança, que é minha. E esta dança de Rose, além de partir de outra dança, a minha, vem misturada com o que vi e vivi junto a ela, e que não é a dança, embora à dança se remeta. Pois conheci, vi e vivi uma Rose já velha. Mas esta Rose, a velha, está, como quando jovem e dançava nua, ainda e sempre propensa a impor seu corpo, então disforme, a quem ouse visitá-los, ela e Arno, fora de horários agendados de antemão.

Assim.

Nas horas marcadas, o café, a colherinha inútil, o biscoito feito em casa. E ela com roupa de receber visitas.

Nas horas verdadeiras, outro menu. Panos baratos e ralos, quase transparentes, sobre seios caídos e livres, bunda e coxas também livres, nenhuma roupa de baixo. Reentrâncias aterrorizantes da carne esculpida em cada levantada da cadeira, o tecido leve se lhes grudando, possessivo. Muito calor nesta terra.

O calor é importante nesta construção que aqui faço (e vai ser assim até o final) e que flutua entre Rose e mim. Porque a dança-base a partir da qual faço a outra, a dela, é de fato minha. É esta a saudade. O motivo. Na época desta minha dança, os amigos são meus. Ou um pouco mais meus. É para isto que volto, é o que quero descobrir. Ou inventar. Este meu eu, perdido.

Devo ter, então, quando danço, mais ou menos a mesma idade de Rose quando dança, mas é outra a época. No meu caso, como cenário tenho um edifício em construção, o teto dele. Termino há pouco um banho ao ar livre com água que sai direto de um cano de PVC. A água está morna de um sol que não está mais lá. Escorre água de meus cabelos, e esta água, já morna de nascença, mais morna fica, com meu calor. Uso vestido largo, de elástico nos ombros, e me dirijo a um recinto de apenas três paredes, a quarta, por fazer, por fazer ficará por todo o tempo que frequento o lugar. O caminho que percorro é de cimento áspero, grosseiro. Estou descalça. Chego ao meu destino dando pulinhos de seriema, e tento limpar a sola dos pés esfregando-os no vestido. Me desequilibro. Deste desequilíbrio passo automaticamente à dança. Esta ligação entre desequilíbrio e dança é normal para mim: sou desajeitada aos dezessete anos. Continuo. Só não vejo mais a necessidade de demonstrar isso dançando. Não se trata de adequação corporal, adaptabilidade aos ritmos da vida. É preciso usar vocábulos mais amplos, americanos. Fitness. Coolness. O que inclui um andar empinado que nunca tive, um olhar de cima, uma segurança social de todo ausente nisto aqui que, por falta de melhor termo, chamo de eu.

Nunca falamos sobre isto, nós duas. Nunca nos admitimos parecidas.

Mas, enfim, danço. Como dançaria ela, em falta de outra definição para os movimentos que fazemos.

Eu primeiro.

Estou embaixo de vestido largo que mais largo fica com meus gestos de afastá-lo do corpo. Depois, solto pernas e braços qual pássaros ao vento, já sem o vestido. A luz é a da lua, e estou alegre ou com raiva, as duas coisas na verdade muito próximas.

É dessa dança que se trata. E, tanto em um caso como no outro, eu ou Rose, tê-la feito provoca em nós um certo olhar sobre as coisas, o que, por sua vez, provoca um certo tipo de palavras.

São estas. Até hoje, em eco.

Vou precisar detalhar porque é nos detalhes que está o todo. É por isso que me ponho aqui, nessa recuperação/invenção de minúcias. Preciso ver. E vejo melhor enevoada, pelo chope, pela fumaça, pela poeira que invento através da invenção de Rose. Em meio a buzinas da hora do rush, espantosamente raras. Pois há uma concordância, uma aquiescência dos habitantes dessa cidade ao engarrafamento diário, aos ônibus a toda que pegam o sinal já fechando, fechou. Todos sabem, esperam, este não vai parar. Este vai, agora dá. Sabemos. E seguram, seguramos, as sacolas do fim de tarde, da ida para casa, uma concordância também nisto, de que é preciso comprar o pão, o presente, o papel higiênico.

É nos detalhes que, tenho esperança, esteja o todo que busco. Este, privado daqueles, esfarela-se. Não. Para isto ele teria de existir independente, antes dos detalhes que se lhe agregam, ser sustentado por eles. E é o contrário. É a partir deles que monto um todo que ainda não sei qual vai ser, e do qual dependo para decidir se vou para um lado. Ou outro. Se continuo, ou sumo. Com ou sem Guarujá. Ou mesmo depois do Guarujá.

Voltando então aonde estava. E eu estava com um nada ou pouco mais que nada.

A nudez de Rose.

A nudez de Rose surge — e escolho o que se segue como escolheria feijão, se feijão ainda se escolhesse, este grão e não o outro.

A nudez de Rose surge de algo anódino, decido. Ou adivinho. Este grão e não o outro. Por exemplo, há um raio de sol que bate no sofá e que o manchará, caso nenhuma providência seja tomada. Contar com Arno para tomar uma providência é disparate que Rose aprende cedo a não fazer.

Então, senta em cima do raio de sol.

Pronto, o sofá não mais manchará.

Sentada, outra ideia lhe surge: fazer com que o calor atinja, sem obstáculos, seu sexo, em que calores se encontram, há tempos, ausentes.

Levanta a saia.

É pouco. Em outro dia, já vem sem roupa de baixo.

Mais dias, e Rose certifica-se de que estar sentada sobre o sol não provoca mudança alguma no universo. Tira então a saia. O sol se move durante tais sessões, atinge barriga, atingiria seios. Tira o sutiã.

A roupa fica por um tempo sempre ao alcance de sua mão, por segurança.

Um dia ela cai em si e ri, segurança, rá, só rindo.

E ela escala.

A roupa passa a ficar no quarto, dobrada, em perfeita ordem, um escárnio em relação à desordem que se passa na sala, braços e pernas em descompasso. Piruetas. E aí ela chega ao sofá para descansar, ofegante. E ao sol no sexo.

Nunca a interrompem?

Sim, um dia, a empregada.

A empregada sai da cozinha. Fala uma frase onde entra: o jantar, o sabão, o forno; e algum verbo como: fazer, comprar, limpar. Por baixo de suas palavras, outras, não ditas: o que Rose estaria fazendo nessas tardes de sol e de silêncio, na sala. A empregada sai da cozinha, vê o que vê, fala o que dá, e nunca mais olha Rose nos olhos. Uma vez a porta da cozinha fechada, Rose ri, as pernas abertas, mais sol, mais sol, ah, mais sol.

Não sei se eu disse, ela é alemã.

Mais dias. Agora Rose, prática, adianta providências em suas tardes de sol. Não mais danças, mas andanças. Ela branca, os móveis quase pretos, ela se debruça neles para acrescentar um item no rol da lavadeira, para costurar uma rendinha, limpar um sujinho. Pegar os cigarros que, por sorte, estão longe. E os fósforos, mais longe ainda. E depois liga o rádio, que está lá perto da porta. E, depois de uns instantes, volta para perto da porta, para desligar. E liga outra vez.

Cyll Farney, See you later alligator e, entre um e outro, o sabonete Lux, sabonete das estrelas.

Entedia-se.

Ou, em vez de a empregada ir ver o que ela faz nessas tardes de sol e de silêncio, na sala, é Rose quem quebra o que já ameaça ficar aborrecido. A porta finge um pudor de entreaberta, é a única a se dar este trabalho. Rose, nua, tem a voz firme:

"Que o café saia logo porque vou para o banho e depois quem vai sair sou eu."

E fecha a porta de um golpe, o riso louco, descontrolado, uma das mãos tapando a boca para diminuir seu som, pois o riso, ele sim, é uma intimidade que não pode ser compartilhada. A sua outra mão está sobre o sexo, agora, a sós, tapando o sexo, não antes, a porta aberta.

No chuveiro, depois, o riso continua, sem que Rose consiga parar, o som se irmanando ao borbulhar da água.

Depois este episódio será contado, com gestos e caretas, às gargalhadas, durante o próximo bridge. Riem todos, é um sucesso. São europeus, caramba, e a empregada, uma bugra. Incapaz, portanto, de entender a vida moderna. E cheia, é claro, dos preconceitos bobos que tanto limitam a mente dessa gente ignorante.

É por necessidade que Rose conta o episódio da empregada para seu grupo de bridge. Há um cálculo.

Ela precisa iniciar um caminho e pavimentá-lo com a noção, necessariamente compartilhada por todos, de que nada de fato tem muita importância. Ou terá. Ela ainda não sabe para onde o caminho segue. Não neste primeiro passo. Ainda não sabe e nem se importa. Quer principalmente que haja um caminho a ser seguido, qualquer um. Que haja algo que se mova, ou pelo menos que dê a impressão de movimento. E precisa, para isto, que todos concordem, uma concordância que inclua sinais vermelhos a serem ultrapassados. Ela não prevê dificuldades. E a aparência, por muitos anos, para mim inclusive, é que de fato não as teve.

Imigrantes. Todos nós o somos, hoje. Quando a viagem não nos move, é o entorno que nos foge, o que dá no mesmo. Ficamos então parados, com tudo o mais indo, imigrantes a tentar entrar, todos os dias, em nós mesmos.

(Nada atemoriza mais os nômades do que se perceberem apegados à imobilidade. Daí minha previsão de sucesso para Rose. Todos topariam. Não foi bem assim. Iria ter a prova no Guarujá.)

3.

Se me esforçar, posso lembrar ou reinventar a importância de algumas coisas. Sem me esforçar, lembro de outras, as que não foram nem nunca serão importantes. As que não têm um antes, um depois, as que existem isoladas, sem consequência nem causa. Mas que, de tão nítidas, chegam a me dar, outra vez, a sensação física, na pele, de como é passar a mão sobre um sofá de plástico marrom, furado pelas unhas de um gato. E para cujos furos eu olho, distraída, neste momento como olhava naquele, em vez de prestar atenção no que saía de uma tela muito pequena, a da nossa televisão em branco e preto. Ou na tela de agora, posta sobre o balcão, colorida e barulhenta, a competir com uma rua a cada minuto mais cheia.

Uma loura de umbigo de fora, um cara amarrando a bicicleta no poste, o bar onde entram mais grupos a cada minuto, todos iguais. Uma tarde que some e que torna tudo apenas manchas, incluindo aí o próprio bar e mais as pedras de uma Cinelândia que, qual o sofá marrom e furado que a ela contraponho, já viu dias melhores.

Serão então estas as cenas, as desimportantes, mais do que as outras, que me levarão pela mão na tentativa de traçar alguma linha — a mais reta que der — entre o dançar nua no teto de um edifício em construção e esta minha vagueza de agora, mais educada que afetuosa, a me manter na exata distância, a única possível, de Roger e do mundo. É cômodo, pois, usar Rose nisso, nessa terceira pessoa.

E é por isso, para não ultrapassar esta exata distância, a única possível, que talvez eu não faça o que ele me pede: o ônibus, a viagem, o apartamento vazio e caindo aos pedaços.

Eu, a que toma conta deste nosso frágil equilíbrio.

Ele, o que não entende que histórias acabam.

Do outro lado da praça está a fachada da Biblioteca Nacional, um bloco muito escuro contra um céu também já bem escuro. Uma luz se acende na janela da torrinha, à direita. Há um terraço em volta da torrinha. Uma outra luz aparece na cúpula. A luz da torrinha se tolda momentaneamente por um vulto que passa na sua frente. Acho que vi, o vulto, não sei ao certo. A luz da cúpula se apaga e outra se acende, sempre na cúpula. Nada mais acontece na torrinha.

Há uma diferença radical entre bares abertos, de calçada, e bares fechados. Mesmo quando estes, a fechá-los, tenham apenas espadas-de-são-jorge ou costelas-de-adão espetadas em pouco mais do que um desnível da calçada.

Muda tudo.

Sem isto, não há como estabelecer a distância que é preciso

ter das coisas, para escolhê-las e, nelas, escolher a nós mesmos. Escolho ver aquilo. Portanto, eu sou aquele que vê aquilo.
Não.
Em bares de rua, eu sou a rua, ela inteira, nas idas e nas vindas, todas igualmente sem sentido. Não consigo me enganar quanto a ser um e não outro. Eu sou quem vai. E quem volta.
Estou num bar aberto, de calçada. O Amarelinho.

Não por decisão minha. Prefiro o café interno das Lojas Americanas, logo na esquina. Lá consigo me enganar mais fácil. Lá, os enganos me vêm prontos, impostos a mim através de cartazes gigantes, coloridos, de pão com salame. Eu sou alguém que come (com os olhos, se não com a boca) pães gigantes com salame.

Aqui, e eu já sabia: por mais que me ajeite na cadeira, eu e rua uma só, não estabeleço diferenças entre mim e o mendigo que, percebo, pegou no sono no banco em frente, uma quentinha de alumínio semiaberta quase caindo do pacote em que põe a cabeça. Difícil até mesmo classificá-lo de mendigo. São pedras, copos de plástico, urina na árvore, coisas marrons e cinza. Ele mais um igual. É meu e dele o suor que secou. E temos a mesma prudência, uma certa encolha de mãos e pés, ombros e pescoço, perene, um não tocar no que não for necessário, sempre.

E eu preciso pôr meu jeans para lavar. Mais uma vez, embora saiba que há manchas que não saem, aliás, todas elas.

Com o canto do olho aprendo outra vez a sombra que passa na torrinha da Biblioteca Nacional. Tenho um pensamento desses de fim de história, e que acabam (no sentido de destruir) com qualquer história, e que é o seguinte:

A Biblioteca, cheia de histórias em seu interior, tem histórias melhores no seu exterior. Porque a vida está sempre no exterior. Agora é dar um suspiro profundo, significativo. E fim. Colo um adesivo cor-de-rosa em mim mesma e penso que já posso levantar, acabar com o que mal comecei, e que é isto aqui, e, quem sabe, tentar fazer alguma coisa de útil na minha vida.

Ou posso ver se cato homem. Há alguns jovens de terno perto de mim. Devem ser o orgulho de papais e namoradas, com sua meta, tão burra quanto reconfortante, de continuar na classe média às custas de arrotos de fim de dia. Um bem-estar de batata frita.

Há outros, os sujos. Que vagam, ainda mais perto. Acho que a cada dia mais perto.

Sou mulher e de meia-idade, portanto uma pessoa invisível. Bobagem escolher homem, seria inútil. E isto é um alívio.

Sempre trabalhei na Lapa, um perto/longe do Amarelinho. Aliás, está na hora de eu parar de dizer que sempre trabalhei na Lapa. Há quase trinta anos que trabalho com Roger, não sei por que isto não conta. Ou, pior, sei.

Não sei que horas são. Saberia se me mexesse e pegasse o celular. Mas não me mexo. Roger não vem. E ninguém torna a passar na torrinha da Biblioteca Nacional. Mas a ausência de personagens reais nunca me impediu de continuar coisa alguma. Tenho meus recursos. Por exemplo: o dono da sombra na certa acaba de morrer, o corpo ainda quente, em estertores pelo chão da torrinha, daí eu não vê-lo de onde estou.

Flechado no pescoço.

Flecha de arco recurvo, daqueles antigos. O cadáver não será descoberto. Meu crime ficará impune. O que é bom, porque assim não terei de explicá-lo. Os funcionários da Biblioteca Nacional se arrastam com seus casaquinhos de lã (o ar condicionado é muito forte) de sala em sala e não têm, já há muitos anos, a chave que abre a porta da torrinha. Nunca entram lá, nem para limpar. De todo modo, nem se incomodam com isso, pois, ainda que lá entrassem (para limpar), constatariam não haver verba para o balde, o sabão e o pano. O orçamento atual, do triênio, não contempla baldes para a limpeza da torrinha há muito, muito tempo.

Peço um Campari. Se é para ficar bêbada, pelo menos não engordo.

Não gosto dos pensamentos redondinhos, explicações para sombras que melhor seriam se inexplicáveis. Pensamentos assim bonitinhos que às vezes me caem no crânio qual machado. Ou flecha.

E não gosto, neste caso, por mais um motivo: seguindo tais raciocínios redondinhos, eu não hesitaria em fazer o que Roger propõe. Vou. Quero dizer: pela lógica. A frase ali em cima: a vida estando sempre do lado de fora, com as melhores histórias, e tal. Foi isto que eu disse, acho. Se bem que não chega a ser exterior, é Guarujá. Nem vida. Estarão mortos, tanto os habitantes do apartamento quanto os da cidade, fora de temporada. Todos tão mortos quanto o meu flechado da torrinha. Ou eu e Roger.

Dizer a ele que não sou paga para tanto não caberia no relacionamento que mantemos. A palavra "relacionamento" substituindo, aqui como algures, a frase: alguém está me fodendo em mais sentidos do que um.

Já listei os atrativos. Passo a conhecer melhor a última moradia de Arno e Rose, reservatório promissor para relatos futuros, tenha eu interesse em produzir relatos futuros, o que duvido. Pois refazer a dança de Rose, a roda de bridge, é trabalho a cada vez mais duro, desprazeroso. E privado. Não o compartilho. Não mais conto a Roger a história que é a dele. Não mais me conto histórias sobre mim mesma, como eu fui nos anos 60, 70. Tanto faz. Não tenho mais a paciência do chuleio, do bordado em cruz de Arno, Rose, Gunther e a primeira mulher de Gunther, cujo nome me foge.

Em mim, neste momento, nenhuma palavra, apenas imagens. E as poucas palavras que enfim vêm, lentas, se arrastando, vêm por obrigação. São a única maneira de seguir em frente, agora e sempre.

Ingrid. Lembrei.

O nome da primeira mulher de Gunther é Ingrid, e ela é um passarinho de tão pequena, morta na cama. Câncer. E um furão ou outro roedor incontrolável, antes de iniciar a morte. Usa o cabelo curto, masculino, veste ternos. Está no portão de embarque de um aeroporto, acena com brevidade para trás. Depois se vira, rápida, para o detector de metais, nos ombros que sobem e descem o único registro visível de seu suspiro de alívio por nos deixar. Gunther logo atrás dela, um poodle sorridente.

Arno, Rose, Gunther e Ingrid.

Não são só os quatro no bridge, são duas as mesas. Os quatro sozinhos, acho que não seria possível, não aguentariam. São duas ou mesmo mais mesas, não sei quantas pessoas somam ao todo.

Não consigo passar adiante o que houve, nunca pude. Mas sei como foi.

Um ir indo devagarinho a partir de uma presunção prévia.

(Continuo não conseguindo.)

Consideram-se europeus em meio a primitivos, modernos pelo fato de serem europeus. E têm a noção do pertencimento. Digo: são um grupo, têm conhecimento profundo, sem barreiras, uns dos outros. Um tipo de conhecimento que só aparece na cama ou nas cartas, eu sei, eu também as tive, uma e outras.

É um gostar mesmo não gostando.

Não sei quanto ao bridge, nunca joguei. Em pôquer, começa-se a ganhar ou a perder antes do jogo, no olhar e no olá ainda da porta de entrada. Aos vinte anos, rio à toa e ganhar é uma vingança. É também a oportunidade de chegar mais perto. Pois no meu grupo de pôquer são todos um pouco mais velhos, e se conhecem entre si.
Li uma vez que assassinos que usam facas desejam intimidade, entrar no outro, no seu corpo, sua vida. Como facadas, então, as minhas vitórias me permitem estar por instantes dentro dos outros — ainda que nos seus bolsos. O recolher das fichas, o barulho que elas fazem, é um gorgolejar sanguíneo. E há até mesmo um luto, nos olhares compridos que se arrastam atrás das fichas pelos poucos centímetros da toalha de feltro verde. Eram deles, agora são minhas.
Mas dura pouco, uns instantes apenas.
Chego a jogar bem nesta época, o que quer dizer que aprendo a levar em conta em que conta os outros me têm. O que muda a conta em que eles me têm. E, ao perceber a mudança, mudo eu de novo. O resultado são olhares cada vez mais rápidos e melhores, o que provoca, em cruzamentos casuais de olhos, risos de flagrantes mútuos.
Os de fora não compreenderiam.

Rose e Arno jogam bridge com Gunther, que é o irmão de Arno, e com sua mulher, Ingrid. E mais pessoas.
Venho a conhecer por acaso uma delas, na época já bem idosa, no consultório de ortopedia e fisioterapia onde eu estagiava. Por causa dela e do que me disse/não disse, sei que a história que Rose inicia, nua, em sua dança secreta, acaba publicamente,

em meio ao grupo. Não houve segredo. Ou melhor, era um segredo cuja existência já se esperava. Como um truque ou um blefe de jogo, como um jogo em que se espera o blefe.

E sei que foi assim por um segundo motivo. Porque no jogo de pôquer — em que, vinte, trinta anos depois, repito Rose mal conhecendo-a, mal sabendo de sua vida, sem saber ainda que a repetia — também os truques e os blefes, nas cartas e fora delas, são esperados, normais, parte do jogo. Dos jogos. Não tê-los é idiotice, é não saber jogar. Ou viver.

Todas as vezes que tentei fazer com que Roger me acompanhasse, passo a passo, nesta sua história, irritou-se. Diz sempre não acreditar em uma só palavra do que eu, ele aponta, necessariamente invento. Pois, se não o vivi, como posso sabê-lo?

Não percebe que vivi.

E, quando vê meu silêncio e meu sorriso de mim comigo mesma, irrita-se ainda mais, bate com a mão no volante, acelera.

E aí quem não acredita sou eu. Roger não é dado a emoções. Raiva talvez. E só. Mas a mão batendo no volante é teatro. E meu silêncio & sorriso dizem para ele que sei disso. E aí a raiva dele fica verdadeira.

Não sei mais quais detalhes pus, inventei, e quais omiti e guardei só para mim, nessas minhas tentativas anteriores de contar a Roger a história que é a dele. Mas sei que sua irritação nasce justamente do meu acerto. E a única parte que ele concorda ser verdadeira — e que é a lembrança da mãe nua a andar pela casa, insultando assim, em sua desenvoltura, a diminuta masculinidade do então menino de oito anos — é apenas a menor parte do problema. A parte maior é que lembro a ele, com minha desenvoltura verbal, a desenvoltura corporal de Rose. Não há como ele gostar de mim.

A cliente do consultório de ortopedia e fisioterapia já é bem idosa quando vem corroborar tudo que digo e sempre disse. É com voz falha, a se somar ao sotaque carregado, que conta ter sido uma das participantes do grupo de bridge de Arno e Rose. E, no seu olhar a agudeza que falta à voz, acrescenta: das mais assíduas. Passou décadas jogando o bridge semanal no apartamento de um, de outro. E ia, uma vez por ano, para a casa que alugavam todos juntos em Friburgo, onde enfrentavam, em temperatura mais amena, mais europeia, os dezembros brasileiros, tão católicos e quentes.

Não lembro seu nome. E não conseguirei, como aconteceu com Ingrid, recuperá-lo. Pois, depois do que me diz/quase diz, ela não volta mais ao consultório. Era nosso segundo encontro. A vi, portanto, apenas duas vezes. Mas lembro do joelho, muito inchado, e um pouco do vocabulário que eu viria a perder logo depois: reeducação proprioceptiva, líquido intra-articular. Lembro também da desconfiança. Me olha aguda e rápida quando pergunto o que pergunto. No azul que eu já esperava do seu olho, um vermelho vivo, um machucado de quem se machuca só por enxergar. Me olha aguda e rápida quando pergunto o que pergunto. E depois baixa, também rápida, as pálpebras, e essa é sua única resposta. Todos nós temos alguma dança, mesmo que de pálpebras. A dela, como sempre com as melhores, também se dá às escondidas.

Mas continua na minha frente, a perna esticada. Ao vivo, na minha frente. As sessões em geral são longas, quase que de tardes inteiras. E ela está lá, me dizendo ser alguém do grupo de bridge, na ocasião já meio dizimado, e sobre o qual minto. Digo estar totalmente dizimado.

"Todos mortos", minto, angelical.

E balanço a cabeça na esperança de que me diga mais.

Não diz.

Não diz também o que digo agora, que é como as coisas começaram.

Mas não precisa. Eu sei.

4.

Jogam.
Jogamos.
Nos dias de jogo, ao contrário dos outros dias, a maconha só rola quando já é quase noite outra vez, antes de as pessoas irem embora. Pois é preciso haver o máximo possível de concentração para vigiar pequenos tiques que se repetem, ou não se repetem. Os sinais involuntários que denunciam cartas boas, cartas ruins. Denunciam ao serem feitos e ao não serem feitos. E concentração é algo necessário tanto para evitá-los na própria pessoa quanto para detectá-los nos outros, presentes que estão, estes sinais, sempre, mesmo se pelo avesso. E mesmo quando não há cartas presentes. Mesmo quando estão todos sentados, tão educados. Sem nenhum tique, zero de risada nervosa, brincadeirinhas de duplo sentido de todo ausentes. Mas as houve, as brincadeirinhas.

Por um tempo então fica assim. Em qualquer um dos jogos. Costas em arco prontas a disparar, se não flechas, pelo menos flushes, royal street flushes. As narinas sempre abertas, os olhos que olham sem se mexer. E esta atenção no outro já é um trepar sem trepar. Traz o mesmo afã de cheiros, o mesmo prazer de estar dentro. É um sentir no outro a respiração cuidada, controlada, para que, ofegante, não ofegue. É o saber, um segundo antes, do gozo que vai vir.

Nos conhecemos bem, nos gostamos até, com um afeto presencial, que se extingue quando longe.

Depois, isto mudaria. No caso do pôquer, o lucro passa a ser muito importante. O que era até então uma maneira disfarçada e secundária de ganhar algum dinheiro passa a ser, para muitos dali, a atividade econômica principal, um meio de vida. A ditadura comia solta. Éramos quase todos jornalistas, artistas. Quem não fugia para longe também aqui não sobrevivia. A roda dobra, não mais só aos sábados, mas às quintas também e, em ambas, a secura de boca e gestos, a necessidade de não perder tempo, comum à profissionalização na cama ou nas cartas.

Isso nós.

Nas cenas que se seguem há, então, uma adaptação. Incluo nelas diálogos que não são meus. Intuo. E também gestos. E, claro, roupas. Serão de uma época ainda mais antiga que a das mesas de pôquer. Por exemplo, nas salas de bridge não haverá um sofá marrom de plástico, furado por unhas de gato. Gostam de chintz. Em estampados florais. Não há possibilidade de cigarros de maconha. E as paredes, agora, não estão em perene construção.

É a sala de móveis escuros, torneados, e que brilham porque são limpos com uma flanela em que verteram algumas gotas de óleo para madeira. Sobre esses móveis desce uma poeira acinzentada cuja presença é coisa sabida apenas dos frequentadores mais assíduos. Não o dizem. É uma grossura, uma vulgaridade, uma falta de educação. Não admitem. A poeira cinza de corpos queimados às dezenas, centenas, milhares. Ou apenas um. Um irmão. Uma tia. Um que fosse, e já ameaçaria encobrir tudo e todos. Por isso são tão enérgicos, os desta sala. Se mexem, sempre reagindo contra uma imobilidade que está lá, mais escura que os móveis. Se assustam com o luto que ameaça sempre ser por eles mesmos, os que viveram.

Rose levanta os braços.
A axila raspada e levemente esbranquiçada de talco fica à mostra, e mais do que isso. Parte do abaulado dos seios também fica. A sala de bridge, uma das salas de bridge. Eles trocam de apartamento, uma semana aqui, outra ali. Ou é na casa de Friburgo.

O jogo começou há pouco. O cheiro de cigarro, que mais tarde impregnará até as cuecas grandes e brancas, e as cintas-calças das mulheres, ainda não está forte. Os primeiros copos de bebida se mantêm pela metade e, de qualquer modo, não são de beber muito, eles. Nessa hora temprana, então, Rose se espreguiça e mostra boa parte de seus seios. Mas ela tem uma expressão de cumplicidade, um que calor, que tédio, que saco, que atenua e compartilha com os outros, não só o calor, o tédio e o saco, mas também sua pele branca, igualmente comum a todos.

É isso. Nunca houve alertas a serem dados.

Ou.

Ela esquece a mão, dessas que pousamos levemente sobre a perna do outro durante uma conversa em que falamos algo engraçado, bobo mesmo, já rindo. E quando nossos olhos já incluem uma terceira pessoa, e mais uma, para diluir, quando com os olhos chamamos ainda mais um, para diluir o que falamos. A perna é a do cunhado. E desta vez, o quê?, talvez uma pressão maior, um segundo a mais com a mão lá, esquecida. Algo que se nota e se esquece no momento mesmo em que se nota. Por improvável, por não encaixável.

Ou ela faz um comentário picante para a cunhada, um dos muitos, mas este um pouco mais picante, embora saiba, todos sabem, que Ingrid não a acompanha no linguajar livre, no à vontade que todos têm, mas Rose mais que os outros, e que ela inclui, de forma genérica, na palavra "moderno".

Uso dois tipos de óculos. Meu braço, quando o levanto, parece querer se desprender e se integrar ao solo, em uma ansiedade a respeito de um futuro cada vez mais próximo. Meu perfil, no espelho de duas faces do banheiro do apartamento de Roger, não é mais o meu há muito tempo. Então, quando lembro de Rose, já bem velha, sorvendo seu cigarro em meio à tosse do enfisema, e fazendo com a cabeça um movimento que não vou conseguir descrever — mas que era, não tenho nenhuma dúvida, de desafio —, sei que ela teve uma noção do que é ser moderno que eu, mesmo se ficar mais velha do que ela jamais o foi, não saberei apreender e jamais o soube. Costumo me defender disto usando a ironia, uma arma que também era a dela. A imagino examinando um por um os segundos de um relógio, e apontando: este aqui. Não, não, este aqui é melhor. E dizendo:
"Eis a meta que quero alcançar na minha vida, este segundo, em suas concomitâncias cósmicas e suas aversões. Pleno. Cheio."
Nada a ver com futuros ou passados. Não é um conceito histórico. Mas um vento imobilizado, cristalizado, eterno. E que ela chamou de moderno. Nesta história que conto, "moderno" é o que explica Rose, a grua a empurrar todo o resto. É uma palavra dela, de que me aproprio. Porque, sem ela, nenhuma outra.

Ingrid, a cunhada, não pode ter filhos. Isto a torna formidável concorrente no quesito modernidade. Rose, para não tê-los como coelhos, precisa dos já aludidos cálculos diários tão embaraçosos. Isto no começo de seu casamento com Arno. Depois não. O que só piora o embaraço.

Ingrid paira, então — e desde sempre —, acima (embora muito mais baixa) dos rastros exteriorizáveis da vida sexual de Rose. E lá se mantém, inatingível, através de um meio sorriso e uma expressão, cuidadosamente construída, de alheamento educado.

Portanto, Rose levanta os braços. Pode ser dito que se espreguiça. Faz um comentário picante. Esquece a mão na perna de Gunther. Ou simplesmente nota mais uma vez o quão parada e rotineira a vida de todos está. E diz, baixando a vaza na mesa, a voz na mesa:

"Bem, Ingrid, se você não pode ter filhos, não deve se importar de Gunther ter filho com outra, pois não?"

E Ingrid sequer desvia os olhos das cartas para dar a única resposta que há para dar, por qualquer um daquele grupo:

"E quem disse a você que me importo?"

É fácil isso. Sempre há brincadeiras cruas e diretas entre eles, o que provoca risadas igualmente cruas e diretas. E curtas. Duram pouco, as risadas.

Rose não deixaria a cunhada gozar a glória de uma última tirada, e retruca:

"Neste caso, quem sabe não me habilito? Não, porque um pouco de barulho na casa até que não ia mal."

E acrescenta, voltando o nível da conversa para o tom habitual, o tom de coisas desimportantes, de rotina: o choro de uma criança pelo menos seria um ruído no silêncio dos dias.

O apartamento de Rose e Arno, de fundos, é silencioso.

"E Arno, vocês sabem, é mudo."

E Arno, vocês sabem, se não houver luzinhas piscando em algum lugar, e algo que se mexa sem parar — embora eu me mexa, garanto (e nesta hora ela sacode os quadris na cadeira de palhinha) —, ele não se interessa.

E todos ririam as risadas altas, cruas, de quem se impôs a obrigação de dar risadas altas de qualquer modo, sem esperar vontade.

Pode ser que Arno agora levante finalmente os olhos das cartas.

Tirando o cachimbo da boca, diz, em tom jocoso:

"Ei, não sei do que ela está falando."

Mais risadas.

Tento reter com esforço o cheiro do cachimbo de Arno. Mas é um esforço. Minha vida insiste em continuar, paralela. Roger, como sempre, atrasado.

E me vem vontade de escovar os dentes, quem sabe assim esqueço o chope com Campari. E, mais uma atenção insistente: o que mesmo precisarei fazer amanhã pela manhã? É minha sequência de agoras que se apresenta, au grand complet, afastando cachimbos, axilas. A velha e boa fieira de agoras a me seduzir com promessas de mudanças, novidades. Mas, bem sei — e não me importo —, trata-se apenas (estas tantas coisas para fazer) de mais um conjunto momentâneo de unidades impermeáveis entre si, sem enredo. Eis a dificuldade. Minha, de todos. Não que hoje seja anacrônico ou não eficiente sair da sua vida para buscar em outras — as que se apresentam tão ordeiras, frase por frase — o sentido que sobra nelas e falta na primeira. Não. Continuam, as vidas montadas, oferecendo, como camelôs, aos berros, o seu produto barato. Tome aqui um entendimento, leve ali um sentido. Podem até não durar, entendimentos e sentidos. Mas funcionam, nem que seja por uns instantes. Vamos!! Escutem só!

Não.

Isso continua valendo. Continuam (continuamos) apregoando o que há a oferecer. A dificuldade é que não nos parece mais tão essencial, o entendimento. Não precisamos mais tanto, do sentido. Vivemos muito bem sem eles, com nossos conjuntos de agoras a mudar a cada instante. É este o nosso foda-se, dito em conjunto, em coral planetário. É esta a irrelevância. Então, é assim que continuo. São estas as premissas. E, mesmo assim, continuo. Talvez só porque já comecei. Busco a sedução, o prazer, mesmo sabendo que o que ele embrulha é anacrônico, inútil. Me empenho, então, aqui, sentada na Cinelândia, em encontrar em mim uma respiração calma, educada. Uma respiração sincronizada com a daqueles vultos que me fogem, arredios, ridículos com suas roupas antigas, com suas cartas de bridge que caem dos bolsos e das mesas. Que desapareçam, quase, por entre os sons, os cheiros de um bar cada vez mais cheio.

Mas preciso.

Fixo o olhar em um ponto de um espaço "entre". Um espaço de quebra, de vazio. E aos poucos me entrego outra vez à luz daquela sala de móveis escuros, seus ruídos que — consegui — estão agora menos distantes.

Jogam, eles.

Jogam educadamente. Os reflexos das madeiras e dos copos de cristal se sobrepõem aos poucos, e mais uma vez, aos néons da cidade. Um dos néons, o do relógio digital aqui na minha frente, com sua publicidade acoplada (celulares Oi), no entanto, se mostra particularmente mordaz em sua permanência/impermanência. Pois mudam, seus números verdes, a cada minuto. E continuam, fortíssimos, impávidos, no cenário para o qual não foram convidados. (Faço um parêntesis rápido: será que é o caso de me preocupar com o que pode ter acontecido a Roger?) Acabam que pousam, os traços verdes, combinam e se mesclam, definitivamente, no marrom-escuro da madeira dos móveis.

O jogo voltou a ficar calmo naquela sala. O primeiro avanço de Rose, fosse qual fosse, já se diluiu. Ter um filho com Gunther é entendido como mais uma brincadeira, uma das muitas. Ou, pelo menos, decidem que é.
E, por vários dias, então, nada acontece. É preciso que haja este intervalo. É essencial mesmo, para que tudo o que vier a seguir também possa ser considerado normal e aceitável e anódino.
O calor ajuda. Faz muito calor, e mais ainda para esse grupo, com casacos de gola de pele guardados em altos de armários. As coisas, e mesmo as lembranças que ficam delas, tendem a aplastar quando há um caldo quente no lugar do ar. É uma das vantagens dos trópicos. Nada fica pontiagudo, machucando, por muito tempo. Derrete.

Passa-se pois um tempo.
E foi preciso escrever esta frase, "passa-se pois um tempo", mesmo sem vontade, para que ele de fato passe.

E agora estamos em outro dia de jogo. E uma das mulheres desabotoa o último botão da blusa. É decote discreto, e o botão desabotoado apenas revela a nascente de um riachinho de suor que corre entre duas montanhas laterais.
São seios opulentos, os desta sala.
E os sutiãs são firmes, verdadeiras armaduras.
Alguns são pretos.

O botão desabotoado quase nada mostra. Mas é um segundo passo. Um aval para Rose, assinado no poliéster preto.

Neste dia, para pousar este segundo passo em terreno firme, falam muito, mais que de hábito.

Contam casos. Alguém cantarola uma canção, uma de antes, antiga.

E chegam o mais próximo que conseguem de se emocionar. Mas emoções não são toleradas, são algo perigoso, ou bobo, e alguém diz: shh, halt die Schnauze.

E jogue, está na sua vez.

Aí um dos homens faz, dirigindo-se a outro homem, um comentário chulo sobre os peitos à mostra.

Falam, entre si, em um alemão misturado a palavras em português. O homem do comentário chulo fala em voz baixa, mas todos ouvem.

Riem mais de suas risadas.

Mas o jogo termina, está tarde. A blusa desabotoada é abotoada. Quem não mora no apartamento sai.

Em todos, os que saem e os que ficam, o gozo do pertencimento.

São um grupo. São próximos. Podem se permitir brincadeiras entre si, brincadeiras que quem não pertence não compreenderia. Antes de dormir, olham por um instante, pela janela de seus apartamentos, as janelas dos outros apartamentos, nos outros edifícios, apagadas algumas, iluminadas outras. Lá longe. As janelas dos que não pertencem.

Os que trepam, trepam melhor nesta noite.

Depois da dança nua na sala, da ousadia verbal no bridge, viria a terceira etapa deste começo.

Mas Rose, Gunther, Arno e Ingrid já quase somem. E não só

porque estou cansada de esperar por Roger e quero ir para casa. Mas porque esta etapa, a terceira, será de qualquer maneira, eu cansada ou não, só esboçada, para sempre inacabada.

Poderá ser um telefonema com um pretexto qualquer. Qualquer coisa que poderá ser falada depois, em público, ou não ser falada de todo, sem que o fato de ser falada ou não ser falada se torne necessariamente algo pesado. Um telefonema apenas. Mas que informa Rose, no alô de resposta, que Gunther está em casa cedo, e sozinho. Excepcionalmente.

Ou é um engano real.

Rose telefona para a casa dos cunhados, distraída. Pretendia falar com a padaria, a vizinha, a empresa para quem faz traduções alemão-inglês.

Reconhece a voz dele, surpresa.

"Ué, ih, liguei errado. Mas você em casa a esta hora, faliu?"

Ou não.

Rose vai direto à casa dos cunhados, tocando a campainha no começo da tarde, as ruas vazias por causa do calor.

Moram perto uns dos outros.

A Visconde de Pirajá tem um lado de sombra e outro de sol forte, nos começos da tarde. Ela poderia andar pelo lado da sombra, mas são apenas três quarteirões. Então resolve não atravessar a rua por tão pouco e enfrenta o sol cegante. Não vê quem vem. E vêm poucos, as ruas mais vazias por causa do sol forte. Não vê. E decide que, portanto, também não é vista.

Está cada vez mais escuro. Se eu tirar o celular do bolso, abrir e olhar, saberei que horas são, mas não ouso me mover, meu corpo muito bem do jeito que está, qualquer mudança um risco de desmoronamento irremediável. Em volta também está tudo muito bem. Uma luz amarela fraca escorre por cima do toldo do bar e cai perto de onde estou. Uma lua artificial, pendurada no alto de um poste. E que é o único tipo que consegue chegar ao chão de um centro de cidade.

Gostaria, ia dizer, de ter vivido este andar de Rose, cego pelo sol. Não é bem verdade. Gostaria de viver outra vez agora, neste minuto, o que de fato vivi, e que foi parecido. Não sei quantas vezes fui, Visconde de Pirajá em chamas, até o mercado. E a volta. E nunca atravessei para o outro lado, o da sombra — a cegueira pelo sol sendo boa desculpa para fechar o olho e ir em frente, olho fechado, na rua e na vida.

Gostaria de ainda ir, o apresuntado para o jantar na sacola de plástico, balançando. Duas latas, sempre vinha alguém filar a comida. Não que a vida fosse boa. Não era. Mas incluía mais gente. (Roger, é claro, deve ter esquecido do encontro.)

As costelas-de-adão que limitam apenas um dos lados do bar, o mais distante de mim, começam a balançar. Só falta chover. It could be raining.

E eu preciso de novo lote de piadas. Além de mais amigos ou, pelo menos, outros.

Três rodelas de chope na minha frente, duas garrafas de água mineral com gás, um resto de Campari rosa claro e, também na minha frente, uma decisão a tomar. Mais de uma. Mas primeiro a mais urgente: espero, cachorrinha amarrada ao poste, Roger chegar, pedir um uísque e pagar tudo? Ou paro por aqui e vou embora porque não tenho ideia de como uma mulher grisalha, de coque e óculos, diz para o garçom: vem cá, como a gente faz aqui? Acabo de descobrir que minha nota de cem (ou seja, Roger — é como chamo minha nota de cem, de Roger) sumiu.

Mas surge um som no meu bolso. Digo alô.
E o aparelhinho cospe o que poderia ser uma gravação.
"Alô? Querida? Estou saindo daqui agora, mas em um instante chego aí."
"Ih, Roger, achei que você não vinha. Já estou no metrô."
Silêncio.
Não acredita. Paciência.
"Bem, amanhã então a gente vê isso."
"Combinado. Amanhã."
Andamos pela orla aos sábados pela manhã. Depois almoçamos no Bar do Beto, camarões boiando na moqueca, frases no silêncio.
Deve dar para mais um Campari, o Amarelinho não é um lugar caro. O vento aumenta. Dane-se. Foda-se.
Também na sala de bridge, a respiração se torna mais tensa.
Sutiãs, pretos e grandes, sobem e descem, ofegantes, por causa das risadas e do que as risadas encobrem. Frases que não sei repetir, um humor que não tenho, um pagar para ver que já tive e preciso recuperar.
Mas é um instante.
Outro Campari chega. Outro leilão de trunfo começa.
Chupo o limão e o sobe e desce dos sutiãs pretos adquire renovada legitimidade.
Não somos de nos emocionar por besteiras, nós. Mas limão na boca e leilão na mesa, eis coisas sérias.

5.

Como eu faria.
Trilha sonora. Um piano tortura escalas em si bemol, eu gostaria. Porque minha irmã dançava ao som de um piano e porque o trânsito à minha frente fica mais pesado a cada minuto. Alguém conversa perto de mim e gargalhadas marcam, em decibéis, a escalada de um esforço para se divertir. Quem sou eu para julgar? Me esforço em outra rua, a do sol.
Mas não. Volta o Gluck, desta vez subjugado não mais pelo funk, que já esqueci, mas pela musiquinha radiofônica de O Seu Repórter Esso. Escapa por janelas abertas de apartamentos de primeiro andar ou de casas sobreviventes. Além da musiquinha, escapa também, nas esquinas ainda chiques dos cinemas que darão o nome de Cinelândia à Cinelândia, um cheiro de Fleur de Rocaille por entre ombreiras e saias justas. Estou onde já foi um lugar chique. Mais do que a Ipanema da época. Mas é para lá que vou, para a Ipanema da época.
Rose telefona. É uma quinta-feira e ela sabe que este é o dia em que Gunther costuma chegar mais cedo do trabalho. Estará

sozinho em casa. Ingrid tem horas extras de secretária executiva taquígrafa estenógrafa poliglota de redação própria cem toques por minuto. E mais outras eficiências aterrorizantes.

Rose telefona só para ter certeza. E ele responde:

"Alô?"

"Gunther?! Ué, ih, liguei errado. Mas você em casa a esta hora, faliu? Ah, é verdade, quinta-feira."

E foi até bom, porque ela estava pensando em passar lá para deixar a receita, pegar o telefone, devolver o paninho, escrever o bilhete, tirar a medida.

Ou então nem telefona, vai direto.

Eles têm a chave uns dos outros.

Não falam da guerra entre si. Nunca. Nem os que lá estavam e sobreviveram, nem os que de lá saíram antes que o horror se instalasse. Não falam igual, os últimos até piores em seu silêncio.

Mas falam de outro jeito. Têm a chave, uns dos outros.

"Para qualquer eventualidade", se dizem, em um desviar de olhos para que a palavra "eventualidade" não precise ser redefinida, definida que está para sempre.

Está decidido, então, Rose não telefona. Vai direto.

Pega o pote, a flor, o pano, o papel, os óculos esquecidos há mais de um mês e que não fazem falta nenhuma. E vai, os olhos fechados pelo sol. Toca a campainha, mimetizando educação. Toca a campainha, chave na mão, pro forma, como quem toca a campainha em casa vazia, dos outros, antes de meter a chave na porta, só por educação, embora saiba que lá não há quem possa atender.

Sabe que Gunther vai atender, e espera, a chave na mão.

Quando ouve passos, põe a chave na fechadura para fingir melhor a surpresa. Que sente. Pois ela está lá, na porta, Gunther na sua frente, e ela se surpreende em sentir a surpresa, Gunther na sua frente, a surpresa de ir em frente.

"Ué, você em casa a esta hora, faliu? Ah, é verdade, quinta-feira."
Está lá por causa da receita, do livro, para tirar a medida. Devolver o pote.
"Entra."
Pode ter sido o contrário.
Arno passa as tardes trancado na oficina. É muito metódico. Almoça, deita por menos de uma hora e vai para a oficina, de onde sai apenas às quatro horas para tomar um café e dar uma volta a pé, seu exercício diário. Enquanto ele está lá dentro, Rose, em pleno processo de escalada, toma sol nua no sofá da sala. Mesmo com ele no quarto, empregada na cozinha. Arno não sabe que ela toma sol nua, mas ela não se importaria se soubesse. Tanto faz. Apenas prefere que o marido não esteja por perto quando se deita, a perna levantada, no sofá. É muito improvável mas não impossível que ele se sinta, em tal circunstância, com a obrigação de fazer o teatro do interesse sexual. E para as duas coisas, o interesse sexual e o teatro, Rose não tem neste momento a menor tolerância.
Bem.
Arno está na oficina, Rose já se deitou no sofá. Levantou, o calor excessivo. Ela não se acostuma com o clima. Senta em outro lugar da sala, de onde observa tudo o que gostaria de jogar fora: móveis, lustre, almofadas, ventilador, o cheiro de comida que vem da cozinha, a vista da janela, a janela.
Tocam a campainha.
Rose não se mexe. Não quer atender. Não quer nem mesmo dizer: um momento, já abro.
E depois o sim, o não, o como vai.
Fica imóvel onde está, e Gunther abre a porta com sua chave.
Neste momento já aconteceram as brincadeiras ousadas das mesas de bridge.

Gunther abre, vê Rose nua sentada no meio da sala e nem um músculo dele ensaia um recuo. Da sua boca não sai nem o começo de um oh, desculpe.

Abre a porta, Rose também não se mexe.

Entra. E agora diminui ao máximo os pequenos ruídos naturais, os da chave, os de seus passos. Pega Rose pela mão. Vão até o banheiro. Trepam em dois minutos, ela encostada na pia, ele sem tirar a roupa. Depois, ele abre a porta do banheiro com cuidado. Sai. Torna a fechar. Quando Rose sai do banheiro, a casa está silenciosa e vazia. Ela se veste devagar.

Está vestida agora.

A campainha torna a tocar, ela vai atender. É Gunther, apenas um meio sorriso a diferenciá-lo.

"Arno está?"

Neste momento, Arno abre a porta da oficina.

"Ah, achei que era você. Você que tocou a campainha ainda há pouco?"

Um pequeno silêncio.

"Foi. Desci, o porteiro falou que você estava, tornei a subir."

Rose emenda, rápida, estava no banheiro, não deu tempo de atender ao primeiro toque.

Não devem ter nem se beijado. Não é sobre tesão, esta história.

É sobre a pouca importância. Uma vez ela tendo sido contada, será difícil recuperar uma frase de impacto que seja. Sequer um momento, de todos os relatados. Sequer um momento poderá ser eleito como determinante. São só coisas que acontecem ou que, pelo menos, aconteceram. Nada é de fato interessante, e a continuação se sustenta frágil em um ou outro detalhe que invento, ressalto. Este meio sorriso de Gunther na porta de entrada, por exemplo. É um meio sorriso raro. Ele ri risadas curtas. Ou não ri de todo. Pode ser este o único meio sorriso de toda a sua vida.

(Só assim passa a ser interessante.)

O que se segue não exige mais imaginação de minha parte, e sim memória. Do resto que falta, sei quase tudo. Sabê-lo não é suficiente para diferenciar, do meu ponto de vista, o que vem a seguir do que veio antes.

Aliás, sim. O que falta, o que sei como sendo fatos, me atrai menos.

6.

Estamos na sala, o pôquer terminou há pouco, mas embaralho cartas, futilmente, hesitando em largá-las. Se largo, nada tenho para segurar, e minhas mãos ainda estão trêmulas da adrenalina. Sinto também uma vibração nos dentes, uma espécie de vontade de morder. Alguém põe um sambinha feito numa nota só, outras notas vão entrar mas a base é uma só. E depois, o disco da Elis Regina. Olho para o prato de frios, que começam a ficar com suas bordas escurecidas. São poucas as fatias que sobram. A dona da casa as levará daqui a pouco para a cozinha, onde as jogará no lixo, em um gesto quase de raiva. Costumo acompanhá-la, nessas horas, levando pratos, copos. E, para amenizar — e censurar — seu gesto de raiva, às vezes me ofereço, sonsa, para lavar a louça, já sabendo o que dirá:

"Não precisa."

Ela costuma perder, e é um alívio quando se levanta, ausentando-se de alguma rodada para olhar a criança, em um quarto, a porta fechada. Os frios são comprados por ela ou pelo marido, assim como pão, latas de cerveja. E cada um de nós paga sua parte da despesa jogando algumas fichas de seu monte no monte dele ou dela, antes de o jogo iniciar. Mas o jogo do dia acabou, e conversas, comentários inflamados ou divertidos sobre a quadra de copas, o straight flush, fazem com que alguns de nós fiquem em pé, por agitação ainda, ou porque é preciso esticar pernas cansadas pelo longo tempo de inatividade.

Largo enfim o baralho, álibi de pouca duração, e estico a mão para uma das latas de cerveja. A mão de um outro, em pé na minha frente, se estica para o cigarrinho de maconha que passa em roda, e a consequência é que tomo um banho de cerveja.

Vou ao banheiro tentar me limpar, o dono da casa também vai. Precisa tirar a banheirinha da nenê que está dentro do chuveiro, para que não suje. Vamos os dois. O papo continua nas nossas costas. No banheiro, hesito em tirar a blusa. Me considero antiquada por hesitar. Tiro. Ele fecha a porta. Liga o chuveiro, tira a roupa, me ajuda a tirar o resto da minha. Trepamos.

Sei antes de iniciar e confirmo durante. É — e o seria necessariamente — trepada de vestíbulo. Dou este nome a trepadas que servem de introito para outras trepadas, com um mesmo ou outro homem. Trepadas-preâmbulos, sem resultar em gozo, mas sendo uma espécie de aperitivo, preparo interessante para a próxima.

E é o que é.

Voltamos para a sala, ambos de cabelos molhados. Alguns nos olham, risinhos, outros já foram embora, a dona da casa não parece em nada diferente de antes. Ponho minhas sandálias que tinham ficado por lá jogadas, digo ciao, saio.

O apartamento é o apartamento do edifício em construção. E a dança sobre a qual falei, eu com o vestido largo e depois nua, acontece durante o jogo de pôquer da semana anterior, uma noite quente. Saio da sala, vou para o que deveria ser o terraço da cobertura mas é apenas o teto do edifício, e tomo o banho. E danço a dança. Nunca perguntei se ele havia me visto dançar nua no chão de cimento, sob a lua. Acho que não viu, e perguntar seria diminuir, banalizar uma memória que me é preciosa. Pois acho bem provável que responda que sim, só por considerar que dizer sim é a resposta que eu gostaria de ouvir.

No dia seguinte de manhã, volto ao apartamento. Peço a um pedreiro que carrega um carrinho de mão, no térreo, que chame a dona da casa. Ele vai. Ela vem. Pergunto se ela vai à praia. Vai. Sento num canto para esperar.

Na areia do Castelinho, nossas duas cangas de frente para o oceano, pergunto se ela sabe o que aconteceu no banheiro da sua casa. Sabe. E acrescenta que não dá importância. Olho-a longamente, e depois, me dirigindo ao mar em frente, digo:

"Não sei qual de nós duas é a mais sacana."

Ri. É a primeira vez que ri de algo que falo.

Vou a poucos jogos de pôquer depois disso. Uma coisa ou outra, há pessoas novas que se agregam ao grupo inicial. E, a cada jogo, as mesas se tornam mais profissionais, montadas de forma rigidamente calculada, novatos, patos, ricos. O dinheiro agora importante.

A ditadura, o desbunde, ou ambos, fazem com que um dinheiro de pôquer seja muito valorizado. Mantém a qualidade de ser alternativo. E a de ser real.

Nunca mais os vi.

O dono da casa era Roger.

E este eu vi.

O garçom com sua maquininha me pergunta se é débito ou crédito.

"Crédito."

E vou em direção ao metrô.

Em frente ao Odeon, ainda olho para trás em direção à luz da torrinha na Biblioteca Nacional. Tudo escuro. Confirmo: o flechado sumirá para todo o sempre. E nada mais acontece até eu virar a esquina.

Nunca fui à Alemanha. Meu imaginário sobre como o país é nos anos anteriores à Segunda Guerra se reduz a bochechas vermelhas, vacas, e cantorias de uma família Trapp vista e revista sei lá quantas vezes, no cinema. Ailariôô. E dá-lhe fugas em pradarias, aliás, austríacas. Eis tudo que consigo em termos de imagens em movimento.

As estáticas me vêm em maior número.

Salões com cristais refletindo luzes, toalhas de renda branca e um piano em um canto. Perto do piano, uma cantora de roupas masculinas, com voz que não escuto mas que adivinho também o ser. E que canta, eu sei, músicas quase sem melodia. Chupa uma piteira longuíssima. Haverá gargalhadas inesperadas, rimas idem, na música e fora. Embrulho sons e gestos, sem capricho, e meto-os a fórceps, ajudada por uma Marlene Dietrich (também cinematográfica, embora não tão assídua), em um mundo feito de quadrados seis por seis. É este o tamanho das fotografias que tenho de montão, a mostrar casas de dois e três andares de uma sisudez cinza. Na frente delas, posando para a foto, mais tons de cinza. Agora em formato de pessoas. Este cinza será, constato ao longo dos anos, resistente até mesmo à policromia que o tempo empresta a fotos antigas. Deveriam se atenuar — casas e gentes — em beges manchados, em quase amarelos, não fora a força de seu rancor. Meto-os, já disse, falas que não entendo, músicas que não acompanho, gestos para mim sem sentido, para que deem sons e movimento a estes cenários mortos. São os cenários alemães da família de Roger.

O resultado é mais ou menos.

Pradarias, aliás, austríacas.
Mas tanto faz.
O avô de Roger, o pai de Arno e Gunther, nada tem de rural. Não deve ter visto uma pradaria que seja. Vive em Berlim. Muito rico. Industrial. A me redimir da dificuldade em escutá-lo, envolto na cantoria rouca de cantoras de piteira (e não nos muito mais fáceis ailariôôs campestres, austríacos ou não), há sua primeira mulher. Esta eu escuto sem dificuldade alguma. Rotunda e, aposto, vermelha, ela não cabe entre os cristais. No entanto, existiu. Até morrer de ataque cardíaco fulminante em meio a jantar de gala que, por mais renda e cristal, piano e ópera recém-assistida, também teria, coração falhante a apontá-los: joelho de porco, kassler, chucrute, blutwurst, batata em gordura de ganso, linguiças de fígado, massas folhadas com recheios diversos. Receita de massa folhada: farinha peneirada com bastante manteiga. Amasse bem. Ponha o recheio de creme. Receita do recheio de creme: vinte e quatro gemas de ovo, bastante açúcar, mais manteiga, leite gordo e sabor a escolher: chocolate, chantilly, marzipã ou tudo junto. Morreu.

Isto acontece pouco antes de sumirem toalhas e rendas, cristais e pianos, cantoras, piteiras, óperas e receitas. E mais as casas ricas, sofisticadas, de dois, três andares, dos judeus alemães de Berlim. E mais os judeus alemães de Berlim. Mesmo aqueles que, não sendo religiosos, nada tinham de kosher. Como é o caso aqui descrito.

De qualquer modo, jantar acabado, o pai casa-se novamente. Desta vez com uma quase adolescente de olhos grandes e delirantes. E magra.

Arno e Gunther não são irmãos, são meios-irmãos.

Em um dos retratos seis por seis, esta segunda mulher está com um vestido belle époque branco, a cintura baixa, as pernas cruzadas. Olhar ausente. Estranhas, grandes e bem pouco românticas flores carnudas estão largadas em seu colo, quase caindo. O olhar ausente. E, no entanto, é um retrato de casamento.

Este olhar, ela o manterá igual, mesmo depois de tê-lo passado a seu único filho, Arno. Mesmo depois de ter tido a oportunidade de testá-lo em outros cenários. Os daqui, tropicais. Cenários que tudo tinham para surpreendê-la, apreendê-la — mesmo que fosse pelo negativo, pela irritação, repulsa.

Mas não.

Sem nunca ter se fixado em nada concreto, este olhar ausente da adolescente em branco é, no entanto, o que ficará de mais concreto de sua dona. O que mais perdura. Enquanto vive, Arno espalha o olhar da mãe no nada, no ermo que o cerca, atravessa com este olhar quem estiver na sua frente, sem ver, sem se importar. E isto mesmo quando conversa, o que é tão raro.

Gunther é, nesta época do segundo casamento do pai, a elite jovem da cidade. Rapaz almofadinha, vive envolto em tecidos italianos de risca de giz, forros de cetim, feltros tipo Fedora. Nos pés, cromos quarenta e quatro de bico fino. Uma sua cigarreira, em madrepérola e iniciais gravadas, irá sobreviver à ladeira descendente de navios e portos, gavetas e caixas de sapato, para se mostrar, junto com seus brilhos cada vez mais decepcionantes, apenas quando convocada por estranhos. Uma aparição rápida para a curiosidade das visitas, e pronto, logo é guardada outra vez. Um pudor de ter seu interior, agora tão vazio e descascado, assim escancarado em público.

Considera-se artista, este Gunther rapaz.

E considera Hitler uma nuisance (assim mesmo, em francês). E considera a viagem à América uma oportunidade de se livrar do embaraço de ter uma madrasta com idade quase igual à sua, e igual hábito de cafés da manhã tardios, só os dois na mesa enorme. Em que pese a preocupação de gestos prudentes, e olhares nem tanto.

Conseguiu. Foi exatamente isso, esta viagem de vinda para a América. Mas foi também mais.

Ou menos. Oportunidade foi, de livrar-se. Da madrasta e do pai. Mas também de recuperá-los.

Pois uma vez a Alemanha inviável, o que não demora a acontecer, é Gunther, o filho estroina com quem o velho nunca se deu, quem corre a arranjar os papéis necessários à saída urgente de quem lá tinha ficado. E, depois, todos já aqui, mais uma vez é Gunther quem arranja e propicia os contatos de que precisa o ex-industrial poderoso, ao se ver diante de um reinício de vida, no pouco de vida que ainda lhe resta.

Entre Gunther e Arno são dezessete anos de diferença e anos-luz de diferença física. Gunther, baixo e atarracado. Arno, alto e magro como a mãe. E quem conhecesse um e outro saberia de imediato que Roger, registrado e criado por um, só poderia ser filho do outro.

A coisa deve ter sido pública. Porque a mulher — aquela do consultório de fisioterapia onde faço estágio nos últimos anos de uma faculdade em cujas salas mal sei chegar, e que jamais terminarei —, ao me ouvir dizer que Roger é baixo e atarracado, não demonstra surpresa alguma. Apenas assente levemente com a cabeça, na confirmação de algo já esperado.

7.

Todos sabem, então.

Na sala de móveis escuros, todos sabem que houve ou haverá uma trepada entre os cunhados, o único e secreto escândalo, motivo de pensamentos logo descartados, sendo o de não se importar. Na verdade, ainda há uma defesa fácil. Ainda podem se dizer: saber com certeza não sabem. Apenas têm o conhecimento tácito, não confirmado, de uma possibilidade.

E também sabem, intuem, um acordo. De que não devem tratar tal evento como algo importante, fora do normal, passível de comentários. Entra no fluxo. Rose pode ter trepado com Gunther. Rose, algum dia, pode vir a trepar com Gunther.

Até que, vazas na mesa:

"Vou avisar logo, se nascer com barriga e cabeça redondas, é porque é do Gunther."

É o que Rose considera como sendo uma comunicação de gravidez.

Alguns riem, sem saber se é brincadeira, ou riem porque sabem que não é brincadeira. E para que passe a ser.

De quem é a vez?

No começo ficam um pouco espantados consigo mesmos por aceitar como algo que simplesmente aconteceu o que simplesmente aconteceu. E que, inclusive, os principais interessados não parecem fazer questão de esconder. Ou comentar. Depois se espantam por na verdade não se espantarem nem um pouco. Aconteceu.

E joga, é sua vez.

O que é uma gravidez, afinal, diante de um Brasil que pensa em algo tão inquietante como energia nuclear? E outra inquietação, esta específica do grupo. Há a possibilidade de a tecnologia nuclear ser importada da Alemanha. Com a tecnologia, viriam os cientistas. Necessariamente aqueles que por lá puderam ficar. E frutificar. E que são aqueles que ocupam os postos — em universidades, órgãos do governo ou indústrias — dos que de lá precisaram sair. Ou não conseguiram sair.

Há indícios — todos na sala sabem — de reuniões e organizações secretas à la brasileira. Se dão, tais reuniões, sob a capa de uma suposta e mentirosa nacionalidade suíça. E se dão na mesma região serrana onde eles passam suas férias de fim de ano. Nas mesas de bridge, trocam trunfos e também informações, rumores. As fontes são muitas, todos eles têm as suas.

Menos Arno. Seus colegas de profissão, muitos tão sobra de guerra quanto ele, aparentemente nunca sabem de nada. Ou, se sabem e o informam, ele não se mostra propenso a repetir o que escuta. Apenas produz um hum, hum de confirmação de que tudo sempre pode ficar pior, o melhor sendo, portanto, deixar tudo como está. Neste contexto, a gravidez de Rose e suas causas misteriosas se tornam algo menor.

E também maior. Pode ser que a gravidez tenha sido vista como um ícone.

Ícone de resiliência. A barriga sem nome ou forma como

lugar de onde tirar ânimo para enfrentar os fantasmas com nome e túmulo conhecidos. E outros fantasmas, difusos, ameaçadores. E cada vez mais presentes.
(A guerra não termina, há só uma trégua. E esta frase não é minha.)
Aos poucos os comentários — que já eram minguados — sobre Rose e Gunther morrem de vez. Em seu lugar, aparece um meio sorriso benevolente, generalizado. É uma gravidez, afinal. Ora. Isso é bom. Vamos todos sorrir para a nova criança.
"E, se você quer saber, não há muita diferença entre duas salsichas fervidas."
Rose pode ter dito isso, baixo mas audível, para uma das mulheres.
E a risada rouca terá sido o ponto-final no assunto. A gravidez, oriunda de um tanto faz, se avoluma e, ao mesmo tempo, míngua. São modernos, esclarecidos, filhos diletos do iluminismo, europeus cada vez menos, mas para sempre cidadãos do mundo. Com uma superioridade de Juca Chaves que, na eletrola, é parceiro constante, riem de quem não o é.

É difícil passar, para homens, como é pouco importante para nós, mulheres, de quem é o filho.
O que ocupa uma gravidez são irritações e alegrias, ambas sem muito motivo. Enjoos, também aparentemente sem motivo. O aborrecimento constante de ter de pensar em assuntos médicos. E a ansiedade, também constante, na formulação de planos B: os "e se".
E movimentos que vêm de dentro da barriga.
Que são muito íntimos, mesmo quando aparentemente anunciados em público: veja, sinta, aqui, agora, aí. Ninguém sente. Sabemos disso. Só fingimos anunciá-los, compartilhá-los.

São fantásticos demais, e nossos demais, para serem compartilhados.

E, além disso que já listei, há mais uma coisa que nos ocupa na viagem louca da gravidez. Uma certeza. Temos uma certeza quase delirante: tudo dará certo se o parto der certo. A dor, esta sim, sendo uma preocupação real, que afastamos, por inútil.

Somos nós no proscênio. Não o homem.

Não o homem. Que pode, inclusive, ter ido embora, não ter sua identidade determinável ou, ao contrário, estar grudado em nós a cada consulta. Mas fulano ou beltrano, ele é apenas um nome. Que custamos um pouco, até, a lembrar, quando nos perguntam de supetão, a ficha a ser preenchida já na mão. Filho de? Hesitamos um segundo. E isto nos diverte e envergonha, em graus iguais.

No registro, o pai do meu tem o sobrenome Silva. E o médico que o guiou para o lado de fora, e dele cuidou nos primeiros meses, despedia-se de mim, a cada vez, convencido de que este nome Silva era uma ficção pouco imaginativa da parte de uma mãe solteira.

Era. Mas ele nunca soube o quanto.

Médicos, homens, e demais pessoas que cercam futuras mães e seus fetos, costumam escutar e comentar as batidas de coração. É até onde vão. Escutam e comentam as batidas do coração do feto. E para isto se dispõem a toda simpatia e benevolência. As batidas do coração da mãe, nestes dois casos pelo menos, o meu e o de Rose, isto já interessa bem menos.

Não houve conversas, palavras. Ninguém perguntou: e você?

Vejo Rose comprando as tralhas. Compra de enfiada, de uma vez, e a partir de lista obtida através de revista feminina, médico ou colega de trabalho. Cadeirinha, cortinado, panela de ferver mamadeira, berço desmontado, banheira, enxoval mínimo em cor neutra, carrinho almofadado, cartela de plástico com seis chupetas. As coisas se acumulam, amontoadas, ainda nos seus embrulhos. Para serem arrumadas depois. Quando e se. Pois a data do término da gravidez é coisa abstrata. Crível, mas não muito.

Terminará, sabemos. Algum dia. Mas nunca é já.

Às vezes ela para, paramos, no meio do caminho. Íamos guardar alguma coisa, pegar outra. E aí sentamos. E ficamos. Observamos o dia sumir. Sentadas no chão do chuveiro, às vezes choramos. Nada de mais, contentes até, por momentos, ao ver que lágrimas e água quente são uma só coisa que some no ralo.

Deve ter havido vizinha desavisada, ou colega, bobas, a entregar babador de ponto cruz. Abajur de ursinho. Conjunto de mamadeiras minúsculas. Ela não sabe para quê. É informada. São para o chazinho, para o remedinho.

E aí responde:

"Ei, obrigada, mas não precisa. Nascem crianças todos os dias, gente, vamos parar com isso."

Deve ter havido mais. Deve ter havido Gunther dizendo para Arno:

"Se você quiser, podemos esclarecer aí algumas coisas a sós. Quando você quiser."

Mas Arno jamais quis.

Pois seriam muitas, as coisas.

As de menor importância sendo as que ocorrem sobre colchas de camas de casal cuidadosamente arrumadas — e rearrumadas logo depois, por mãos apressadas, ineptas. Mãos que não são as mesmas mãos que as arrumaram anteriormente. As que ocorrem de encontro a pias de banheiro, batentes de porta. Sofás em que bate sol. Lugares em que, Arno sabe disso perfeitamente, não há espaço para carinhos e afetos. Lugares que não permitem expansões de amor, ele sabe. E que são todos os lugares. Nem para o irmão nem para ele. Iguais afinal.

As outras coisas, as de muito maior importância, e que incluem os motivos desta impossibilidade de expansões amorosas, dessas eles não conseguiriam falar ainda que tentassem. E não tentam.

Tento eu.

8.

A casa, em estilo normando, ocupa toda uma esquina em rua de terra de Ipanema, bairro ainda inexistente, mera extensão da Freguesia da Gávea. A rua será a rua Montenegro. Isso bem depois. Não existem mais. A casa, nem suas árvores de jardim. Nem o muro, hoje impensável por ridículo, composto que era por duas fileiras baixas e pouco protetoras de traves de madeira envernizada, com moirões em pedra, igualmente baixos. E sequer a rua Montenegro. Ela também não mais existe, transformada em rua Vinicius de Moraes.

O edifício em dois blocos, que ocupa hoje o lugar da casa, guarda, no entanto, em seu acabamento de cerâmica imitando tijolinhos, esta homenagem. Parece ter sido construído manualmente, tijolinho por tijolinho. Como se os tempos fossem outros, como se quem por lá passasse pudesse saber da casa. De como era feita e de quem lá tinha morado. E do que lá se fazia, também manualmente, ou quase.

Primeiros anos do pós-guerra. Uma fábrica tupiniquim.

Mulheres ocupam com suas máquinas de costura o que seria a garagem da casa. No segundo andar desta garagem, nas instalações construídas originalmente para alojamento de serviçais, fica o pai do então menino Arno. E pai do então homem-feito Gunther. Um velho magro e reto. Ele e o estoque de material, por ele controlado centímetro a centímetro, a fita métrica sempre no pescoço, a substituir uma echarpe de seda perdida em passados mais invernais e menos triviais. Uma substituição de pantomima. De teatro burlesco. Pois são as mesmas duas tiras a cair uma de cada lado de uma gravata que, esta, não é substituída, embora precisasse.

É lá, nesta garagem, que o menino Arno passa os dias. A calça curta de lã, as meias brancas, o sapato fechado.

Ipanema é um areal de casas esparsas, alguns sobrados. Nada acontece.

Nada acontece do lado de fora. E nada acontece do lado de dentro da construção principal da propriedade. Paredes feitas de pedra, é a residência familiar, um local interdito ao menino durante manhãs e tardes. Lá, só para dormir, às sete horas em ponto. Lá, a jovem mãe acamada. Enxaquecas, tédio, faltas de ar, abrem-se as janelas. Muita brisa, fecham-se as janelas.

Para além do muro e da esquina, das frases cantadas (sempre as mesmas) do carroceiro que vende miúdos de boi, e do outro que vende verduras totalmente desconhecidas, para além dos bandos de pássaros e da bosta dos cavalos, há o sol. E um adivinhado e nunca experimentado banho de mar, definido pelo pai como um costume de bárbaros, apenas selvagens preguiçosos, quando exercido como o é, em bases diárias e a qualquer momento. Não há como contestar, se se levarem em conta os bandos morenos e mistos que passam em alaridos, a pouca roupa.

Já a Arno, só lhe resta passar o tempo.

Para isto, retorce arames finos, fios de cobre, enfia neles botões coloridos, presilhas de metal, porcas que se soltam. Faz brinquedinhos. Em volta dele, as mulheres costuram e têm ordens para dele não se aproximarem. Uma disciplina rígida, a do pai. Com o tempo, Arno ganha uma função: fazer pequenos consertos nas máquinas que emperram, o fio de linha que embaralha nas agulhas, a correia do pedal que arrebenta e necessita emenda, a falta de jeito dessas bugras.

Estas, suas ocupações. Coisa leve, para garoto. Além delas, trocas de palavras com o pai. Palavras utilitárias. Nunca as desnecessárias.

O que sai da garagem em pacotes de doze é uma novidade, até mesmo em nível mundial. Calças plásticas para bebês.

As calças, apesar do sucesso, têm problemas. Apertam às vezes. Ou rasgam.

Já os arames e os fios, as pequenas engrenagens que Arno faz para se distrair, estas são perfeitas. Quando ligadas na tomada, produzem luzes, movimentos helicoidais. Só. Por isto parecem perfeitas. São inúteis. Nada sai delas além dos movimentos, das luzes, e de um ruído ritmado, única semelhança desses aparelhinhos/brinquedinhos com as outras máquinas, as de verdade, as úteis. As de costura. Que o pai vigia, em pé, mãos nas costas, uma ou outra ordem curta, dada em português incompreensível, seguidas de comentários mais baixos, no alemão de sons ásperos que ele acredita secreto, mas por todas adivinhado. Xingamentos, insatisfações muito amplas para serem atendidas, queixas que não caberiam em nenhuma jornada de trabalho.

Horários controlados, as mulheres têm quinze minutos por dia de ida ao banheiro, quarenta para o almoço, intervalo para café de duas às duas e quinze. Largam às quatro. E este é o início da noite, mesmo que o dia ainda esteja claro, e claro fique até as oito. Um verão ininterrupto, o daqui. Quatro horas é também o início das lições de português de Arno, ministradas por quem sabe um pouco mais, bem pouco.

O professor de português é um jovem de mau hálito, recomendado por Zamoyski, pintor de origem polonesa conhecido de Gunther. O jovem que ganha assim seus trocados é também pintor. Dá suas aulas de português com má vontade, apenas para sobreviver. Um dia nota os movimentos, circulares e improdutivos, das pequenas máquinas perfeitas de Arno. São uma curiosidade tolerada, as maquininhas. Podem ser mostradas, de vez em quando, mas pouco mostradas. Não é caso de incentivar as bobagens do menino.

Década de 50. É este jovem pintor, que acabará por se aproximar de um movimento de vanguarda, quem abre espaço para as maquininhas de Arno. Podem ser arte. O jovem pintor leva uma das pequenas peças de Arno para São Paulo, e a expõe junto com as de outros conterrâneos ou quase: Lothar Charoux, Kazmer Féjer, Anatol Wladyslaw. O nome que se dão, arrogantes que são, é Grupo Ruptura.

Pretendem uma arte para acabar com todas as outras artes. Exatamente como todas as outras artes.

Arno, do Rio, acompanha o que acontece. Acompanha mal. Recebe ecos, em geral em forma de palavras de ordem. São apenas isso, mais ordens. Que vêm se somar a todas as ordens que já recebe. Estas dizem:

"Arte não é expressão de pensamento intelectual, ideológico, religioso. Não é expressão, é produto."

As palavras estão em papel, dentro de uma pasta. A pasta tem o nome dele. Ele, agora importante, alguém que tem pastas. Mas é algo, este inesperado produto, que o iguala ao pai, também produtor de produtos. E por dentro de Arno nasce o começo de uma recusa. Nem recusa. O começo de uma justificativa para, mesmo entre seus novos e importantes colegas, mesmo fazendo parte de algo, ainda manter, mesmo assim, o olhar ausente herdado da mãe, o não ver, o não estar lá. Depois isto muda um pouco. Mas, até o fim, Arno não terá de fato pertencido. Terá sido sempre um membro periférico, menor. Exposições se seguem. No Rio, com outras palavras de ordem, com mais brigas internas. Rivalidades com grupos paulistas. Mais papéis, mais palavras. Duas destas palavras irão grudar em Arno e o acompanham até hoje, morto. Arte cinética. Deve tê-las recebido com hesitação, a sua de sempre. Talvez um balançar vago de cabeça. São os outros que dizem, reforça ele, em um preâmbulo hesitante, antes de assumi-las, citá-las.

Mas passa a espalhar seu olhar abstrato na Galeria do IBEU, onde entra sem conhecer quase ninguém. A exceção é Vicent Ibberson. Tão calado quanto ele. Outros chegam depois, Franz Weissmann, Wesley Duke Lee, Abraham Palatnik. Com eles, Arno se dá o conforto de dividir, se não a língua, se não palavras, pelo menos um sotaque implícito no silêncio geral. Os artistas apreciam os objetos de Arno em concordâncias mudas de cabeça, as mãos para trás. Arno mantém a distância. Mas se vê, apavorado, em uma situação totalmente nova: ele se sente bem.

São quadrados em cores chapadas, sem uma falha. São linhas paralelas em preto e branco. Começam a aparecer mais luzes que piscam. As obras expostas, todos são enfáticos em insistir, não querem dizer nada além de serem obras. Quadrados em cores chapadas são quadrados em cores chapadas. Linhas paralelas em preto e branco são exatamente isto: linhas paralelas em preto e branco. Luzes piscam porque piscam. Não há mundo exterior, nestes artistas, não há nada de frágil, de humano, nada que morra ou viva. Há triângulos, retângulos. Linhas. Cores (poucas). Coisas que não escorregam para situações não previstas, coisas que não são sujeitas a interpretação. Ou diálogos. Arno se sente cada vez melhor.

E, melhor ainda. Não está mais na casa do pai em Ipanema, Rose — conhecida de conhecidos — tendo lhe parecido o caminho lógico a seguir.

Gunther, nesta época, faz questão de se mostrar próximo de seu meio-irmão mais novo. Acentua, sempre que pode, ser ele o mentor de Arno, quem o ajuda. Faz grande estardalhaço quando da entrada de Arno na galeria de Jean Boghici, a Relevo. O que ele não diz é que nesta galeria tenta, anos antes e sem sucesso, pôr à venda algumas de suas próprias pinturas. E que de Boghici se diz amigo porque não se dizer amigo é confessar que a não aceitação de seus quadros doeu. O que não é possível fazer.

Nunca o será. Dizer que doeu, nesta ou em qualquer outra ocasião, dói demais.

Em Ipanema, as calças plásticas com que o pai de Arno e Gunther envelopa os bebês de uma classe média agora circundante, vizinha, são, sempre que há dúvidas quanto à sua obediência aos padrões, testadas em um dos três protótipos espetados na mesa central. São três cilindros de metal. Deles saem dois cilindros menores, à guisa de pernas. Estes cilindros-bebês ficam de cabeça para baixo, os cotocos para o alto. E é neles, obscenamente, que se enfiam as unidades — no padrão flores, ursinhos ou listas — com problemas quanto às medidas rigorosamente preestabelecidas. As calças plásticas têm o nome de BabyTec. O logotipo é um desenho feito por Gunther. O desenho representa uma cara gorda e sorridente de bebê, com um ipsilone ao contrário, amarelo-ovo, na testa. É o cabelo, e é o Y de BabyTec.

O logotipo é a única participação de Gunther na fábrica do

pai, apesar das ofertas para elaborar os desenhos das padronagens, fazer a supervisão dos moldes.

Depois desiste.

Casado com Ingrid, tem seu próprio negócio e, como ressalta entre dentes, não precisa disso.

Gunther também é artista. Tinha sido. Ou achou que foi.

Ao chegar ao Brasil, traz uma carta de apresentação para a companhia de cinema Bioskop, alemã. A Bioskop mantém desde antes da guerra um escritório grande no Rio, então capital da República. Depois, Gunther passa a trabalhar para produções cinematográficas locais, todas muito bem-sucedidas. Estas produções locais aproveitam uma janela de oportunidade. Estão protegidas da concorrência estrangeira por um fato novo, a questão da língua. Os filmes já são falados.

Gunther pinta os cartazes destes filmes. É isto que faz.

Mas aspira por telas maiores. Isto é, não de dimensões maiores, o que pinta já é enorme. Para as empresas de cinema, locais ou não, é mais conveniente mandar fazer os cartazes à mão, pois as reproduções fotográficas em grandes formatos são caras e difíceis. É um momento bom, que Gunther aproveita. Com o pós-guerra, porém, começa a invasão do cinema americano. São outras regras, outras formas de produção. Outra gente.

E outra vida. Gunther é bem-sucedido no que faz, quando o pai e a madrasta, com o menino Arno, chegam. Mas já sabia que isto podia não durar. Pensa em insistir na via artística. Mas acaba rapidamente por decidir-se pela segurança material.

Ele ainda trabalha fazendo cartazes de cinema quando a família chega na praça Mauá. Chapéus, lãs e baús. E perguntas. É um embaraço para todos, embora ele enfatize que não pinta mais, ele pessoalmente. Não suja as mãos, ele. É um patrão de pintura, agora. Faz esboços. E tem ajudantes que põem por ele a mão na tinta. Na ocasião, compra a primeira máquina de impressão. Exibe-a. Gosta de mostrá-la subindo e descendo, dia e noite — em um barulho ensurdecedor que irá provocar, segundo ele, a deficiência auditiva de sua velhice. Imprime principalmente folhetos em branco e preto, de duas páginas, que são distribuídos entre seus antigos — e agora outra vez — clientes: os cinemas. Os folhetos são disputados, nos inícios das sessões, pelas multidões que lotam o Capitólio, o Pathé, o Império, o Caruso, o Rian, o Metro Copacabana, o Art-Palácio. Uns muito perto dos outros. E mais uma porção deles. Muitos. Todos já fechados.

Conheço um destes cartazes pintados à mão, de Gunther. É o único, de todos que fez, que ele guarda mesmo depois de seu sucesso financeiro. É pequeno. Um rosto de Kirk Douglas. Kirk Douglas é um dos poucos atores que Gunther continua a retratar pessoalmente, mesmo na época em que vira patrão de pintores, quando não mais precisa fazer cartazes. Continua a fazer kirk-douglases mesmo com os pincéis já duros pelo pouco uso. Continua sempre que pode, que pedem.

Gunther gosta de Kirk Douglas. Não só pela covinha do queixo, a facilitar o reconhecimento imediato, o aplauso. Mas também por ser, o Kirk Douglas, um judeu emigrado. Gunther sempre se espanta de ser, ele, Gunther, alguém passível de também ser definido desta maneira: judeu emigrado. Esta não é a única coisa a unir/desunir Gunther e Kirk Douglas. Um é o judeu emigrado que o outro não se reconhece sendo. E piora: um é o judeu emigrado de sucesso que o outro se espanta de ainda não ser.

Roger fica com este quadro de Gunther. Pede. A jovem viúva se mostra feliz em ceder, um medo de que Roger queira muito mais.

Mas não é afeto o motivo do pedido.

O rosto do ator, as pinceladinhas caprichadas, o sfumato do cabelo. Covinha do queixo em siena queimada, olho em branco--zinco com um toque de amarelo de nápoles. Como convém. Para dar expressão. Cada detalhe destes a construir um ridículo, passo a passo. Lá para sempre, na tela, o ridículo. Ainda hoje às vezes encontro Roger parado em frente ao quadro, sorriso na boca, a refazer mentalmente um Gunther que se tolhe e diminui em cada centímetro pintado. Roger sabe, ele, que pinceladas nascem livres. Provavelmente Gunther também o soube. Mas, se é preciso formar um Kirk Douglas, então o que importa é obediência, conformidade, truquinhos e repetição.

É a única herança que Roger recebe de Gunther, este quadro. E é uma herança exata, precisa. E preciosa. Preciosa porque, só mesmo tendo obtido a guarda do quadro e, com ela, a guarda perene do ridículo de Gunther, Roger consegue se vingar do que nunca admitiu. De que é filho do tio, e não do pai.

Poderia ter recebido mais. Ou, a seu ver, menos. Gunther acaba se tornando um homem rico. No fim da vida, passa a oferecer dinheiro ao filho não reconhecido, em quase ofensas quase diárias.

"Veja se se apruma, rapaz, quer dinheiro para entrar de sócio aí em alguma coisa?"

"Larga essa besteira de ONG, rapaz, compre um negócio, uma loja, uma representação, eu dou o dinheiro para o pontapé inicial."

"Quer iniciar aí um portfólio de ações? Me fale. Não vai me fazer falta essa ninharia."

Roger nunca aceitou.

Não será, portanto, um dinheiro oriundo do sucesso o que

Roger vai querer guardar do pai depois de morto. O que ele quer é o rastro do fracasso, o caminho da desistência, pinceladinha por pinceladinha. Pois vingança e herança neste caso são meio que a mesma coisa. É no fracasso dos sonhos que um e outro terão seu único ponto de contato. Roger também quis uma vida que não teve coragem de assumir.

Precisa e preciosa, é também uma herança secreta. O Kirk Douglas fica pendurado no lado de dentro da porta do armário de roupas de Roger. Eu sei que está lá. E bem pouca gente além de mim.

Roger baba e ri gengivas para a câmera. Devemos achar bonitinho, devemos anunciar, vejam, o primeiro dentinho, a papinha, aprendeu a bater palminhas, já diz mamãe.

Não sei como Rose lida com isto. Não sei como se lida com isto. Não sei se existe um jeito. Há mais coisas do que o bebê em si. E, por causa destas outras coisas, há a necessidade de mais e mais camadas duras, que estendemos por cima de outras camadas duras. Pois temos de sobreviver ao mingau morno das afetividades instantâneas, das imbecilidades que acompanham um bebê.

É nesta ocasião que Arno aparenta — pela única vez na vida — estar de fato ótimo. Uma fase curta. Coincide com sua integração maior aos movimentos construtivistas cariocas (que não se querem cariocas, mas internacionais). Faz a sua série de pinturas mais famosa, a Série Em Cinza, s/ título, número 1 ao número 34. Vende todas. Recebe visitas em sua oficina, marchands, colecionadores, outros artistas. Enquanto isso, Rose — também pela única vez na vida — passa a ser apenas uma mulher que traz o café. Ao trazer o café, interrompe a conversa de quase monossílabos e em voz sempre baixa da oficina. Interrompe porque os visitantes a supõem — e Arno fica maravilhado ao perceber tal suposição — incapaz de compreender o que se diz. Afinal, é uma mulher. E, como se isto não bastasse, ainda tinha acabado de se tornar mãe.

Arno ótimo. Rose péssima, afundada em fisicalidades. O peito, a perna, a cicatriz na barriga, inchaços, cocôs, baldes de fralda para lavar. Quarar. Passar e dobrar.

Arno, enfim, o homem da casa.

Não sei se Rose convence Arno que Roger recém-nascido — e sem, portanto, traços faciais ou biotipos marcantes — é filho dele. Ou se não convence nem tenta, e apenas não falam mais no assunto. Sei como se sente. Sei exatamente como se sente, e é como se dela tivessem roubado tudo, como se lhe tivessem preparado uma armadilha. Ninguém avisa. Antes. Ninguém diz: ó, você vai estar sozinha nisto.

Sei do susto ao perceber: se o bebê é dela, e de fato é; se de fato tanto faz o homem, e de fato tanto faz; bem, para os homens isto também é verdade. Se comportam como o bebê sendo com certeza dela. E, portanto, tanto faz se chora ou ri, se tem dente ou nadadeira, conquanto que seja longe e não atrapalhe os assuntos sérios, os assuntos de homem.

A roda de bridge praticamente acaba, a reminiscência de sábados antigos se restringindo a um ou outro campeonato em clube, junto com mais gente, outras gentes. Rose ainda tenta armar uma reunião em seu apartamento uma vez ao mês. Não consegue. Desculpas, compromissos, horários, irritações mal disfarçadas caso tropecem em um choro, um horário de mamadeira, a impedir a concentração no jogo. Eis o novo pano de fundo. Ou um novo pano verde, de feltro, a não se sustentar esticado em quinze minutos de cartas na mesa. Nos dois sentidos da expressão "cartas na mesa". Pois Rose tenta também falar claramente sobre qual o problema de haver um bebê presente. Não consegue. A maternidade sendo muito mais rósea quando mantida na superfície rasa das conversas educadas — e curtas. E com o tema concreto, de preferência, ausente. Ou trancado em um quarto próximo. Não muito próximo.

E é aí que Gunther toma a decisão que irá mudar sua vida. Moderniza-se.

E, na hora mesma em que formulo a palavra, me ocorre que a decisão de repente não foi dele. De qualquer modo, compra duas impressoras Albertina topo de linha, em tecnologia de gravura a cores e alimentação por bobina. Compra também, para acolhê-las, um terreno vizinho à sua pequena gráfica da Gamboa. É como emprega a parte do dinheiro que lhe cabe com a venda da casa de Ipanema. Da casa, apenas. Pois a maquinaria da fábrica de calças plásticas para bebês, seu estoque e o bom nome na praça já tinham sido vendidos antes. O imóvel e seu terreno têm de esperar que a viúva do pai volte de sua estada em Curaçao, onde se encontra com amigos, e onde encontra abundante fornecimento de opiáceos, uma sua paixão recente. Ela vem. Fica pouco por aqui. O tempo de assinar papéis, e volta para lá. Aqui, já antes, enfia em sua piteira o que consegue encontrar de bom. Dos cigarros de seda feitos à mão e vendidos por unidade em rodas de connoisseurs ao fumo de rolo subtraído de serviçais. Também mastiga sementes malhadas de cânhamo, comuns em lojas de animais, onde são consideradas comida para pássaros e apenas isso. O anagrama "maconha" da palavra "cânhamo" ainda bem pouco popularizado. Fazem bem à enxaqueca, diz, metendo mais um punhado das sementes boca adentro. E sorri seus dentes grandes e escurecidos, os olhos brilhantes pela primeira vez na vida.

Gunther encomenda as impressoras. Enormes, lindas. São das primeiras a entrar no país. Há dois fatores a influir na decisão. Ou três, na hipótese de um incentivo de Rose para mais esta modernização. Há, com certeza, a questão do desafio que as máquinas impõem, a adrenalina de atuar em um nicho de mercado muito maior, mais arriscado. Gunther precisará, com as novas máquinas, largar sua área tradicional, os cinemas. Com os cinemas, larga também, de uma vez por todas, os seus sonhos de arte, de artista. O segundo fator nada tem a ver com finanças. Diz respeito à figura do representante. As Albertinas são um lançamento da Koenig & Bauer, e seu representante, um alemão que passaria em todos os testes de pureza de sangue, se ainda os houvesse. Talvez haja.

A gráfica antiga de Gunther fica na rua Pedro Alves, cheia de indústrias e depósitos em toda a sua longa extensão. A porta de ferro só se abre para a entrada dos caminhões carregados de papel, e para a saída de outros caminhões, com o material impresso acompanhado da respectiva nota fiscal. Polpuda. Dentro, um balcão de recepção onde está uma mocinha atendendo telefones e visitantes. Mais dentro ainda, atrás de um compensado cheio de papéis grudados, a offset plana dos serviços em branco e preto, e outra, que está sempre com defeito, a duas cores. Entre as duas offsets, o normal das gráficas daquela época: graxa, tinta, chaves de torção, porcas, martelos, berros, calor e barulho. Homens suados e sem camisa vão de uma a outra máquina, se falando aos berros e subindo, como macacos, para resolver desastres iminentes, um após o outro. Nos cantos, estopas, garrafas vazias, os carrinhos que levam às máquinas as pilhas de papel em branco. Janelas sujas e quebradas dão para um pátio interno, onde ficam os caminhões. Uma escada de madeira estreita leva ao segundo piso, um jirau fechado com ar refrigerado, e em cuja porta se lê "direção".

As paredes deste pequeno cômodo são de vidro. De lá se observa tudo que acontece no primeiro andar.

É esta a sala de Gunther.

E é na escada de acesso que ele compra as Albertinas.

No quartinho, o silêncio é reforçado pelo zumbido do ar-refrigerado Weathermaster, luxo recente e ainda raro nesta terra. Gunther está sentado à sua mesa e olha as unhas perfeitamente manicuradas. No andar de baixo, em um banquinho no qual deitou sua pasta de couro — sacrifício necessário em prol da sobrevivência da mais vulnerável calça de linho apropriada aos trópicos —, está o alemão da Koenig & Bauer. Está lá, em meio ao barulho, sujeira e calor infernais. Há muito tempo. Gunther, em cima, atrás dos vidros, o tinha visto chegar. Olha mais uma vez as unhas. Olha em torno, o escritório na bagunça normal de dias ativos. E volta às unhas.

Por muito tempo.

Subitamente aperta uma campainha, o outro é avisado de que pode subir. Gunther, a porta aberta no topo da escadinha, o observa de cima. Quando o homem chega no penúltimo degrau, precisa olhar para cima. Estende, subitamente anão, sorrisos e mão, em tentativas de cumprimentos subservientes, em ensaios de português estropiado. Gunther o interrompe em seu alemão perfeito. E de pé mesmo anuncia. Vai querer duas, as condições desejadas são estas, este é o plano de instalação e treinamento de que precisa. Acrescenta que a papelada deve lhe ser entregue pelo correio. Não tem tempo a perder atendendo o vendedor em uma segunda visita à gráfica.

Faz um rápido movimento de cabeça como despedida, vira-se de costas e fecha a porta.

Está todo suado. Sabe que o suor não lhe veio pelos cinco minutos que fica do lado de fora de seu cubículo privilegiado.

* * *

Encomenda duas, embora quisesse apenas uma. Depois, mais tarde, a depender dos negócios, outra. Mas só depois. Não sei no bridge. Mas no pôquer também há momentos como este. Quando o risco é grande, é o ir em frente que traz o ganho. Não confundir com irracionalidade, emotividade. Imagine. É um nada a perder. Mesmo quando há o que perder. É esta a diferença que fará Gunther ter sucesso nos negócios. E Arno não. Mesmo achando que não tem nada a perder, nem assim Arno se move.

E, por ter duas Albertinas, e não uma, Gunther pode oferecer seus serviços a clientes grandes, os que o fazem rico.

9.

É difícil para mim conseguir ver um Arno em meio às vanguardas cabeludas, barbudas e com jeans boca de sino dos anos 60. Suponho enganos, distrações. Suponho disfarces, coincidências. Pois Arno sobrevive alguns anos neste ambiente que tem tudo para rejeitá-lo. Mantém seus quase amigos do concretismo "puro", um movimento já sem fôlego, que enfrenta — nestes anos — a rua sem saída de suas formas matemáticas. Mas faz, ao mesmo tempo, outros quase amigos na nascente pop art, que apresenta uma superfície igualmente sem saída embora menos geométrica: a dos brilhos plastificados, como os de um supermercado. Os primeiros acirram nele, cobram, o desprezo pela glorificação de uma cultura de massa que nada tem a ver com eles, europeus iluministas. Continuam todos contrários a ter, tanto na arte quanto na vida, emoções de qualquer espécie. Continuam usando, para a palavra "emoção", sempre o binômio complementado pelo adjetivo "barata".
    É como acaba. É como acabam.

Arno vive este fim. Mas de longe, como é seu hábito viver seja lá o que for. Em sua oficina entram agora jovens mais falantes do que os visitantes anteriores. Mudança, aliás, inútil. O que falam não é compreendido. Gírias, jargões que provocam no anfitrião um menear lento de cabeça. Uma expressão que, quem o conhece sabe, é uma espécie de sorriso interno.

A influir na sua permanência entre cabeludos e lindoneias, o hábito de parar as frases pelo meio, o olhar — isto não vai mudar nunca — perdido. Arno deve parecer, a quem o vê naqueles anos 60, um exemplo acabado do alheamento típico das viagens psicodélicas. Se confunde, aos olhos pouco atentos de seus novos visitantes, com alguém em meio a ampliações sistemáticas de horizontes sensoriais. Em suma, um maconheiro. Apesar de — devem ter cochichado — unha de fome, pois não oferece bituquinhas a ninguém. Além de sua aparência quase psicodélica, há outra coisa a influir nesta aproximação inverossímil, e esta é nitidamente psicodélica. Sua obra. Os sons, as luzes piscando. É o suficiente para aproximá-lo de um ainda concretismo, mas mais alegrinho, menos rígido, aquele que vai permitir uma passagem para novos movimentos. E que é o do Rio. Balanço, liberdade.

É um engano. Não é Arno, isto. Ele quer-se matemático, se embala na possibilidade de ser chamado de cientista da arte. Nunca fala. Mas, quando fala, fala isto. E se afasta dos novos. E volta para seu primeiro grupo. Lá, continuam a discutir o antagonismo entre rigor (uma necessidade) e romantismo — que é todo o resto, o desnecessário. A potência artística (que é a deles) contra a tibieza (a dos outros).

Arno volta. Se é que se pode dizer que volta para onde nunca de fato esteve. Mas volta. Acho que é uma palavra o que o impele. A palavra "rigor". Os críticos a usam para falar de sua obra. E, até hoje, jornalistas sem ter o que dizer quando, de tempos em tempos, o ressuscitam, repetem em uníssono: rigor.

Não fazia parte antes, continua não fazendo. Indiferentes ao rigor, Mario Cravo, Genaro de Carvalho, Jenner Augusto, Carybé e outros iniciam uma tipificação popular que Arno não entende. E despreza. A participação de Elisa Martins, com suas figurinhas folclóricas, lado a lado com seus, se não amigos, pelo menos ex-companheiros de pensamento, marca o afastamento sem volta de Arno. E sua decisão de ir para São Paulo — onde rigores subsistem nas linhas retas, nas cores sem textura. Mas nem em São Paulo, para onde vai com Rose e bagagens.

Arno ficará sempre um nome menor.

Há uma glória, contudo, em sua vida. Vem assinada por Mário Pedrosa. Comunista, em que pese seu apoio a um movimento com viés anti-historicista e antissocial, como é o concretismo. Comunista, o que Arno abomina, mas também um incentivador, o que Arno abomina menos. Diz Pedrosa:

"Entretanto se, no âmbito da forma, o primado da imitatio naturae é substituído pela pesquisa dos esquemas perceptivos no espaço..."

E, lá no fim, referências a um, a outro e, alvíssaras, a Arno. Ser integrado, ainda que indiretamente, ao coletivo "intelectuais" citado mais adiante no texto muda Arno. Agora seu olhar vago vaga com mais segurança no usual palmo e meio acima dos mais baixos Rose, Günther, Roger. Vaga também, e também com mais segurança, acima de açougues e padarias, contas de luz e condomínio. Não é só a citação de Pedrosa que lhe proporciona este novo status. Será graças ao seu quinhão na venda da casa de Ipanema que a família, caso se possa chamá-la assim, sobrevive. Por ocasião da venda da casa, Arno aceita, ao contrário de Gunther, receber parte do que lhe cabe através de uma promessa de compra e venda de um dos apartamentos a serem construídos no local. Fica com uma das coberturas. É lá que, mais tarde, por alguns anos, viverão Roger, seu desemprego, mulher e filha. Não é um presente, o apartamento jamais chega a passar para o nome de Roger. Apenas um empréstimo feito com a mesma distração displicente de tudo mais. Em perene construção, devido aos problemas na legalização do terreno que já se arrastavam desde o tempo da casa do pai de Arno e Gunther, o edifício não ganha o habite-se por décadas, em que pesem propinas e processos distribuídos abundantemente pelo incorporador, Freitas & Sodré.

Recupero esta parte a partir de alguns fatos que tenho documentados até hoje. E muitas névoas, restos de névoas esgarçadas, que preenchem os espaços entre os fatos que de fato sei e os que já não sei se sei. Não tenho certeza. Faz muito tempo. Fiz e refiz estas frases muitas vezes. Não sei mais. Há alguns documentos que ajudo a catalogar, em meu trabalho na galeria. Há pedaços entreouvidos de frases ao longo de muitos anos. Há alguns retratos que me são mostrados, em que rostos e olhares, fixados lá para que eu os olhe, mostram o que não queriam mostrar. Pois mostram momentos em que se queriam rápidos, fugidios — e inobservados.

E há também a mulher que diz o que não diz, tanto tempo depois de tudo, durante uma tarde de massagens no joelho.

A fisioterapia é sempre longa, penosa, convida a confidências. Sabemos disso, eu e Santiago. As confidências são bem-vindas. Ajudam o paciente a relaxar.

Ao entrar no consultório, a mulher — a que fez parte do grupo de bridge de Arno, Rose, Gunther e Ingrid — vê uma revista na sala de espera.

É uma revista por assinatura. Na etiqueta, nome e sobrenome de Roger.

Pergunta se Roger é Roger, parente de Arno?, de Rose? Per-

gunta com insistência tensa, embora desnecessária. Nome e sobrenome, completos, ali, na mão dela.
Conheceu a família, diz. E, desconfiada: o que a revista faz ali?
Minto.
Mal conheço Roger.
Minto outra vez. A família morreu toda.
Agora falo a verdade. A revista é um esquecimento dele. Esqueceu na última consulta.
E volto a mentir. É um paciente, como outros, do consultório.
Minto como quem pesca. Sempre achei o que acho. E, naquela hora, farejo a possibilidade de confirmação, que afinal veio não vindo.
Ela se diz por muitos anos visitante assídua da casa, do bridge. Conhece também a casa de Friburgo, onde esteve em vários verões.
Depois as frases se alongam em advérbios, pausas. Tempos difíceis, me assegura. Todo mundo meio louco. Ri para ver se me convence de que fala uma inconsequência, sem nenhuma gravidade. Ri para ver se cola — e olha para minha cara.
Sorrio para incentivar. E aí ela pergunta:
"Como Roger é?"
"Hã, legal."
"Não, eu digo fisicamente."
Isto foi tudo. É na pergunta que faz, e não nas respostas que não dá, que ela diz o que diz. Depois insisto, por que ela pergunta sobre a aparência física de Roger? Tergiversa. E, sob minha insistência, tartamudeia algo a respeito de segredos graves, e calça um sapato, com implicações legais de herança, e pega a bolsa. Nunca mais a vi.
Apenas duas, as consultas.
E é na segunda vez que diz o que não diz.

Na primeira, ainda loquaz, me conta uma história. Um homem que conheceu ainda na Europa, antes de emigrar. Este homem tem uma jovem noiva, apaixonada por ele. É uma filha de família tradicional alemã. Esta jovem decide seguir o trágico destino do amado, embora, ainda não casada com ele, nada conste contra ela nos arquivos oficiais do governo, agora já decididamente nazista. Passa por tudo, os trens, os campos, a fome. Passam. Sobrevivem ambos. A guerra termina, se reencontram. Iniciam uma vida em comum, compras de mercado, trabalho, passeios aos domingos, procuram por amigos.

Encontram alguns. Ninguém sabe muito bem como lidar com ela, com eles.

A mulher me olha, levanta os ombros. Não diz, mas seus ombros dizem: há um constrangimento, um desconcerto. Uma sensação que não pode ser explicitada, de estar diante de algo ligeiramente ridículo, patético.

Comenta: as conversas das pessoas, quando na presença dos dois, não se desenvolvem.

Passam-se uns poucos anos. O casal se separa.

A mulher conta isto com expressão de quem fala uma obviedade, algo que sem dúvida é compartilhado pelo interlocutor. Eu. Supõe que é claro que sei do que fala. A história e a maneira como a história é contada querem dizer o seguinte — e é isto que ela supõe que eu saiba e aceite. Que há coisas inúteis, estúpidas, que não deveriam nem começar. Porque são só isto, coisas bobas, ridículas mesmo. Aí entrando, em primeiro lugar da lista, a paixão amorosa e suas variantes lamentáveis.

A jovem apaixonada é alguém que oscila entre o incompreensível e o ridículo, o patético. É uma pessoa errada.

Quando conheço esta mulher do consultório de fisioterapia, eu e Roger acabamos de nos reencontrar. O pôquer já vai longe, meu filho já existe, e eu retomo a faculdade, depois de trancar a matrícula mais de uma vez. Ele se separa da mulher, acaba seu curso de filosofia e tenta a sorte na crítica de arte. Eu retomo a faculdade tantas vezes interrompida, mas já sem vontade, ao constatar que pele mole, óleo e conversas igualmente moles e escorregadias não somam, para mim, um ideal de vida.

Quando a mulher vai, nessas duas únicas vezes, ao consultório, eu me decidia a largar a faculdade mais uma vez. E a aceitar uma oferta pouco generosa de Roger. Entro de sócia minoritária na recém-aberta galeria dele, recebo uma merreca, e passo a trabalhar como uma anta, sábados incluídos. Na minha bolsa, em um canto ao lado da cama de massagem, está mesmo um presentinho que compro para ele para celebrarmos minha nova decisão. Os damascos secos de que tanto gosta.

Sou, portanto, uma anta feliz quando a mulher me diz o que desconfio ser verdade desde que nasci: faço sempre o papel de cretina. É meu, o papel da jovem casadoira do caso que acabo de escutar.

Nas visitas vespertinas a Arno e Rose, meus sogros e detestando sê-lo, a colherinha se encarrega de aniquilar, buraco mais negro do que a boca negra da xicrinha anexa, qualquer possibilidade de conversação. Por mais que eu vá, semana após semana, a cena se repete igual.

Se eu quero açúcar ou adoçante.

Nenhum dos dois.

Mas como?!, eu tomo café sem açúcar?

Sim, eu tomo café sem açúcar.

E a boca entorta, a sobrancelha levanta.

Como eu, uma tapuia local, posso ter o mesmo hábito que eles?

E no próximo café já terão esquecido tal incongruência e tornarão a perguntar. E a se espantar. E a colherinha tornará a lá ficar, inútil e intocada.

Estão certos. O que não faz sentido deve mesmo ser esquecido. Quando dá. Porque às vezes não dá. E na vida deles muitas vezes não deu.

Também tenho, eu, minhas faltas de sentido. Já disse, é para explicá-las que me alongo em ilações, baseada em pouco mais que névoas.
É só o que tenho.
E há a própria história que crio, e que tem um moto próprio que a arredonda e complementa, a cada vez que conto. Que conto para mim, e não para outros, não mais.
Na repescagem, um dos retratos de Rose.
Ela ainda muito jovem, recém-chegada, olha em frente em maiô de duas-peças. O queixo erguido sob um chapéu que deve ser fora de moda já na época do retrato, e que ela usa mesmo assim. Ela o impõe, o seu chapéu, a mim, que vejo o retrato, como a quem o tirou, há tanto tempo. A seu lado, outras moças com um riso de igual agressividade. E alguns rapazes. Não Arno nem Gunther, não ainda.
Embaixo, com sua letra grande e na tinta violeta que adota como sua a vida inteira, estão as palavras, "Passeio a Paquetá", já em um desafiante português, um dos muitos desafios que ela traça para si mesma. Falará português. Sempre. Ficará irritada quando dizem que com sotaque. Sempre.
Há uma data nesse retrato, que não lembro mais qual.
E há algo, nesse retrato, que prenuncia o resto.

10.

    Eu e Roger estamos andando há horas, sem vontade, pela orla.
    Inverno. Fosse verão e espalharíamos nossa falta de vontade pelas redes da sala, depois de ligar o ar-condicionado. O sol desta cidade só é viável, ao menos na orla sem quase árvores, no inverno. Quase uma obrigação aproveitar. A galeria é logo ali, perto da praça General Osório. Fosse outra a época, passaríamos por lá em algum momento e treparíamos no sofá do escritório, depois de ligar o ar-condicionado — inverno ou verão. E depois da trepada, porta de ferro fechada, passearíamos pela galeria. Nus ou quase, eu com uma blusa e só, ele exibindo o V que desemboca em seu belo pau, andaríamos pelo salão, descalços, um copo de café na mão. Vendo, às vezes pela primeira vez com a devida atenção, as obras expostas. Admirando um resultado bom ou, ao contrário, caçoando discretamente de uma ideia não resolvida. Adorávamos. Tanto visitar as obras com toda a calma quanto as trepadas.
    A galeria não trabalha com o sistema de representação de

artistas exclusivos. Faz lançamentos, sempre com algum patrocínio, de jovens artistas, a maioria deles captados na ONG em que desenvolvemos projetos de cunho social. É um aluguel de espaço, ou pouco mais. A exceção é Arno, motivo mesmo da própria existência da galeria, seu artista inaugural e, por muitos anos, o mais importante ou o único importante.

Não posso dizer que eu me lembre da abertura da galeria. Tenho, naquela época, a cabeça ocupada com outras coisas, a abertura da galeria se perde, não é o mais importante. Por exemplo, lembro, e muito bem, de um vento que vem pela janela de um carro que corre, de madrugada, pelo mesmo lugar em que ando agora. Não sei para onde o carro vai, ou vem. Bem parecido com meu momento de agora.

Roger não. Ele lembra do que é importante. Às vezes fala coisas supondo que eu o acompanhe no assunto. Respondo hum, hum, mas, na verdade, não. O que me fica daquela época, em que mais uma vez nos aproximamos, é bem pouco. Algumas visitas ao apartamento da Conselheiro Lafaiete, os pais dele querendo nos dar a impressão de entusiasmo com a mudança iminente para São Paulo. Pela primeira vez uma bagunça no ambiente, papéis no chão de mármore preto e branco do jardim de inverno. E Arno e Rose, parados na nossa frente, dizendo muito bem, muito bem, enquanto esfregam mãos na mímica aprendida do entusiasmo. Assim ninguém perguntaria nada, olho no olho: mas vem cá, é isso mesmo que vocês querem? Mas vem cá, o que vocês querem? Qual a vontade de vocês? De um? Do outro? Não, nunca. Haja mãos a se esfregarem, haja cara mimetizando entusiasmos.

É o que me fica, um entusiasmo que não aconteceu. Mais do que aquilo que de fato aconteceu, a mudança para São Paulo.

Guardo também a perplexidade de Roger, mais adivinhada por mim do que admitida por ele, quando vê com o que, afinal, concorda: abrir uma galeria. E, na frente do filho ainda hesitante, um Arno irritado, vago, fazendo gestos impacientes e pouco elucidativos com sua grande e ossuda mão branca. Vai para São Paulo, precisa de alguém aqui. Waldemar Cordeiro, o grande nome paulista da época, troca com ele uma correspondência, se não afetiva, pelo menos estimulante, ou a Arno assim parece. E Roger se vê na iminência de lidar com galeristas, marchands, colecionadores, fauna com quem ele se relaciona apenas através do conforto da palavra escrita, nos artigos que emplaca de vez em quando para a editoria de cultura da revista Visão.

Roger escolhe uma loja não muito grande em uma galeria comercial que parece ser ideal para cabeleireiros ou óticas. Atividades, aliás, que garantem a exuberância econômica — com os cheiros, ruídos e fregueses subsequentes — das lojas vizinhas ao espaço vazio e branco, com uma lâmpada fluorescente esquecida no teto pelo antigo proprietário. Torta.

Hoje a loja serve de elemento sinérgico entre a ONG, as críticas e análises de Roger, e suas aulas na faculdade. Não dá grandes lucros, mas também não dá prejuízo. O nome respeitado de Roger, a coerência na escolha dos artistas, eis a base onde me apoio para me achar melhor do que o resto dos convivas que afluem aos intermináveis almoços e festividades de fins de ano. Ou aos lançamentos e eventos que reúnem, estes durante o ano todo, além de artistas, os mesmos produtores culturais, assessores, assistentes e outras figuras de segunda linha, os que giram em torno. Os que levam as obras de cá para lá, dão telefonemas histéricos para o iluminador que está atrasado, e servem cafezinhos para acalmar egos monumentais. Eu.

Ou, como é agora meu caso, se mandam para o Guarujá para recauchutar um apartamento caindo de velho. Uma recauchutagem para enganar, se der, algum comprador desavisado. O apartamento está fechado desde que Arno morreu. E é uma despesa de condomínio que não dá para manter por mais tempo.

Mas Roger fala. Andamos e ele fala. Mais alto do que eu gostaria. O que está por trás do seu falatório — que, aliás, já conheço — é que ele também precisa, como eu, de tempos em tempos, averiguar se continua íntegro. Pois o mercado nem sempre o é.

Não presto atenção. Já sei. E ele repete sua lenga-lenga de autoafirmação.

Porque há as consignações. Peças colocadas em lugares-chaves para que sejam vistas, apreciadas. Mesmo sem venda diretamente no horizonte. Uma temporada de consignações de primeira linha (o salão de recepção durante um bom casamento de famosos; um evento corporativo na sede paulista de uma empresa de telefonia celular; um cenário do núcleo rico de novela da Globo), e eis que o preço da peça sobe até uns trinta por cento quando volta para a galeria.

Mas não gostamos de trabalhar com consignações. É faca de dois gumes. A peça fica vista e pode ficar muito vista, rodada, e isto a desvaloriza. Além do quê, não são um nem dois os casos conhecidos de peça consignada para a festa tal ou tal que simplesmente some. Roubam mesmo.

"Não ache você que só roubam os outros — os ricos como eles. Ou o governo, ao sonegar impostos. Não. Roubam você, a quem acabam de dar dois beijinhos e outros darão antes que você pergunte outra vez, mas cadê a peça? E adquira o epíteto de chato, sem classe, out."

Com variações para mais ou para menos no tom de indignação, Roger costuma repetir este discurso sempre que se vê obrigado a expor, mesmo sem apreciá-lo, algum artista de interesse de colecionadores privados — empresários, banqueiros. A indignação o protege um pouco — e ao que ele chama de seu passado político — dos golpes diários de pragmatismo.

É o caso agora. Ele vê interesse comercial em fazer a retrospectiva de Arno. Busca uma desculpa. Aniversário da morte, do nascimento, de qualquer coisa. E, mesmo sendo Arno, e mesmo sendo eu, Roger se vê na necessidade de um discurso que justifique o óbvio: Arno, um patrimônio da galeria, morreu morrido há uns meses. Ninguém mais lembrava dele antes, ninguém se lembra dele agora. Quem sabe uma grande retrospectiva com suas várias fases (todas muito parecidas) e, se possível, com o lançamento do catálogo raisonné em preparação desde sempre possa chacoalhar um pouco as coisas.

Roger fala o que deveria ter falado no Amarelinho, e o que deveria ter falado desde a morte do pai. Sem ânimo, ele próprio, de entrar no apartamento do Guarujá e revirar tudo, fala o que fala em uma indignação ritmada, previsível, que repete frases que já ouvi antes e com igual entonação.

Estamos ficando velhos.

Quem insufla este empenho, ainda que escasso, pela exposição é Lígia, filha dele.

Roger será pai ausente, e ausente seria mesmo se, o que não aconteceu, morassem ambos a vida toda na mesma casa — como moram agora, em uma tentativa tardia e pouco eficiente, da parte de Roger, de emendar o passado. Em falta de um pai, Lígia elege o avô como herói. O que, por sua vez, só se mostra possível por ela também ter conhecido muito pouco o avô. Soubesse melhor como era Arno — em São Paulo por quase toda a sua infância — e poderíamos passar sem esta aborrecida infantilidade. Mas não. Tudo que se refere a Arno, é ela quem cuida e promove, dobermann a reescrever em latidos furiosos um Arno cada vez mais perfeito em suas fantasias de quase órfã.

A morte de Arno, há poucos meses, piora os sintomas.

Não fora um providencial vídeo experimental do qual ela participa como produtora, seria Lígia no ônibus para o Guarujá. Vídeo providencial do ponto de vista de Roger. Ele não poderia pensar seriamente, é claro, em deixar aquela louca encarregada de contas e condomínios, consertos e corretores de imóveis. Para mim, seria só ótimo. Indecisa diante da escolha de branco fosco ou branco-areia, Lígia no Guarujá ficaria ad seculum, a olhar paredes e latas de tinta alternadamente. Até virar múmia.

Um mundo sem Lígia. Eu adoraria.

Mordo um milho cozido. Quente. Na primeira mordida queimo o lábio inferior. Eu como milho por fileiras, primeiro sete delas, alternando, uma sim, outra não, e depois as outras sete que restam. Dá sempre certo. Todos os milhos que comi na vida tinham o mesmo número de fileiras, e que vem a ser catorze. Isto se você desprezar o que acontece na cabeça do milho, a parte mais grossa da espiga, em que a cada dia mais as fileiras se entortam, bifurcam, ou nascem anãs, como é o caso aqui. Há uma anã com quatro, cinco grãos. Se eu a considerar como fileira válida, a espiga passará a ter quinze fileiras, o que é uma monstruosidade em termos das leis matemáticas que regem a natureza, e um aviso de que o mundo está acabando.

Armagedon! Armagedon!

Armagedon que virá, condizente com o arauto já semicomido que tenho na mão, também bem salgado. (A senhora quer mais amarelinho ou mais branquinho? Mais amarelinho, por favor. Bastante sal.) Também com bastante sal. Acho que li isto em algum lugar. Vai ficar tudo salgado.

Roger fala.

E também, de certo modo, sua fala versa sobre as leis matemáticas que regem a natureza.

Eu vendo um objeto para você por um preço nominal maior do que o que você de fato paga. Combinamos fazer a transação por documentos privados de compra e venda, cartas particulares registradas em cartório. Com esta venda feita a você, justifico uma grande entrada de dinheiro que, de outra maneira, eu não conseguiria justificar através de meus negócios regulares. Há, como não haver?, um caixa dois. Ano que vem retribuo o favor e compro de você outro objeto por um preço nominal maior do que aquele que de fato pago. Aí é você quem justifica uma grande entrada de dinheiro. Se sofisticarmos o esquema aumentando o número de, digamos, fileiras alternadas que ora vendem ora compram, teremos um mercado de arte. E, é claro, ninguém está livre de se deparar com uma décima quinta fileira a anunciar o Armagedon.

Haveria a ser comentada também a prática de vendas forçadas, e que começam sempre com o galerista dizendo uma frase do tipo: "Este aqui vai para Barcelona, você tem até a semana que vem para resolver".

E, subentendido: na volta, se voltar, o preço será outro.

Mas não digo nada. Roger fala sozinho.

Primeiro porque não tenho saco para mais esta edição da mesma conversa. E, segundo, porque estou de boca cheia.

Roger fala. Me concentro no milho, e na minha tentativa de, grão em grão, pôr ordem no Armagedon, já que na minha vida é mais difícil. Roger se impacienta porque espera de mim um comentário que não vem, e repete mais algumas frases de seu discurso de disclaimer. Este é o nome que dou a seus ataques de vestal do templo, para grande irritação dele. E que é o nome do papel que os americanos põem dentro das embalagens, dizendo que o fabricante não se responsabiliza pelos danos que o uso indevido do produto possa acarretar.

Ter de resolver coisas fora de seu âmbito imediato de interesses. Gastar seu tempo tomando providências a respeito de Arno. Roger está definitivamente de mau humor. Ou não é isso, somos nós, a nos irritar mutuamente.

"Haverá uma brecha na programação da galeria. Fica esquisito se eu não fizer alguma homenagem."

E nenhum de nós precisa acentuar: lembrar a morte de quem morreu tem este poder ressuscitador, mesmo que passageiro. Ainda mais em casos como o de Arno, um nome que, bem ou mal, ainda é conhecido.

Roger acha, sem ter certeza, que pode haver uma última obra de Arno perdida no Guarujá. Houve comentários de que estaria trabalhando em alguma coisa, nos últimos meses de vida. Na rápida visita que fez ao apartamento do pai para tratar do traslado do corpo, Roger não viu nada. Mas a obra pode ter sido dada ou vendida, por qualquer ninharia, a vizinho ou comerciante local. Pode estar atrás do caixa da mercearia da esquina. Ao lado da Santa Ceia no apartamento de baixo. Caso eu a encontre, maravilha, pois eis o que falta, o coroamento para a retrospectiva. Um excelente ponto focal para leads e zooms. Que maravilha, hein? Faço que sim com a cabeça.

A sombra do Caesar Park já comeu a pista de carros, a calçada e, no momento, se estende por parte da areia, a indicar que está na hora de ir embora. Estamos sentados na amurada do calçadão, pés balançando sobre a areia. Levantamos. A falta de vontade volta às duas pernas, depois do breve interregno em que

o calor das pedrinhas portuguesas deu uma ilusão de quentura interna a bundas e sexos. Atravessamos a avenida na esquina da Teixeira de Melo, em frente a cinco PMs e um carro de ronda parado. O rádio deles está emitindo uma informação que, pela ênfase com que é dita, deve ser importante. Não que eu consiga entender. E acho que eles também não.
É este o problema, ninguém entende. E la nave va.

Fim.
Ao levantar da amurada, eu já havia aceitado ir para o Guarujá. Já havia aceitado antes. Aceitei sozinha sentada no Amarelinho, e depois sozinha sentada no metrô indo para casa, ontem à noite. E depois sozinha em casa, andando de um lado para outro.
Tenho outro motivo, que não digo, não assim, por inteiro, nem para mim.
Quero descobrir, ficando uns dias longe de Roger mas ao mesmo tempo mais perto (na casa onde Arno morou), em que pé estamos, nós dois. Eu: sentindo a cada dia mais vontade de redesenhar um cotidiano que se apresenta a cada dia mais medíocre. Nossa vida, construída com base no que chamamos de exercícios de liberdade (de parte a parte), revelando, e mais a cada dia, um outro tipo de exercício. O da indiferença e da indiferenciação.
Preciso descobrir como, sem nunca termos sido próximos, conseguiremos nos separar.

PARTE II

1.

Começa com um momento engraçado.
Logo que saio do táxi, a moça se aproxima pelo outro lado da rua e berra:
"Você é a amiga do Roger?"
Já uma primeira dificuldade. Sou?
Diz que é a Verônica. É o único nome que conheço de toda a cidade. É quem cuida da limpeza do prédio e da maioria de seus apartamentos. É quem Roger contrata para a faxina post mortem do pai e para a pré-qualquer coisa da minha vinda.
Me joga um molho de chaves. Joga com força, por cima do valão que corre por toda a extensão da rua, dividindo-a em duas pistas autônomas. A que vem. A que vai. Não que eu saiba de ou para onde. E também não sei nada sobre a profundidade do valão. Me nego a obter tal informação, nesta hora e em todas as outras em que em suas margens estive. Basta uma simples olhada para baixo, mas tenho por norma não olhar para fundo de valões. Dos reais, pelo menos.
Fico lá, o chaveiro com o molho de chaves parado no infini-

to de sua viagem aérea, vivendo meu pânico até a aterrissagem do objeto — uma oferta das farmácias Maxx, descubro — do lado de cá. Se cai dentro do breu, nada me restará a fazer além de ir, aos berros, atrás do táxi. É a única chave do apartamento. O breu é o breu sem fundo em que ameaçam cair todas as minhas chaves. O táxi, sei pela minha visão lateral, se afasta mais rápido do que eu gostaria ou esperaria, pela rua completamente deserta. Verônica, mal as chaves iniciam seu percurso, vira-se de costas e torna a entrar em sua casinha. Depois me informam que o valão se chama riacho, e desemboca na praia, a poucos metros de distância. Mas, na hora, o que vejo são um fundo que não vejo, de tão negro, e garças. Elas pousam, com leveza de fantasmas sem substância física, garças que são, no muro que cerca o valão. E nos matinhos às margens dele.

Avenida Abílio dos Santos Branco, quatro quadras depois do Delphin Hotel, me diz Roger para que eu repita tudo direitinho, criança obediente, ao motorista do táxi. Edifício Guarany. Fico com o chaveiro na mão. Verônica já sumiu na sua casinha baixa, do lado de lá. As lixeiras da rua são altas, umas cestas grandes, gradeadas, em cima de hastes. Há um cachorro amarelo e magro que olha para o lixo e para mim, em tristezas alternadas. Não consegue se decidir de onde haverá mais chance de aparecer algo de bom. Concordo com ele.

Chove.

Ainda não sei disso, mas vai chover esta mesma chuva, miúda e sem som, por todo o tempo que por aqui ficarei. É Guarujá. E é agosto.

Tento fazer, disto que vejo e descrevo, um fim, em vez de um começo. Quem sabe, assim acaba. Antes de começar.

Ensaio frases com garças brancas pousadas sobre o lodo da

humanidade. Mais uma das minhas. Daquelas. Do tipo que se encaixa em encontros com Jesus. Ou em poéticas torrinhas subitamente iluminadas contra o sol poente. Com direito a flechadas/machadadas em pleno crânio. Poética épica. Crânio aquele já cheio de Campari com cerveja ou, como é o caso do momento presente, só cerveja — e de rodoviária. Skol. Seria mais um adesivo cor-de-rosa de "parabéns pelo belo fim" a enriquecer minha coleção.

Mas não tenho tempo de me refestelar em tal felicidade. Mal entro, o telefone fixo do apartamento toca. Levo um tempo para dizer alô. Me fascina o trim alto na sala fechada, clara e arrumada. (Verônica parece eficiente. É o que informa meu dedo, imaculadamente limpo a um palmo do meu nariz, depois de uma passada básica por cima do móvel.)

O telefonema é Roger, irritado.

Tenta falar comigo há quase uma hora.

Meu celular descarregou, não percebi.

O assunto do telefonema.

Arno, antes de morrer, contrata um caríssimo tratamento dentário a profissional com consultório na mesma rua de seu apartamento. Este homem exige receber o montante combinado, de qualquer maneira. Mesmo o cliente estando morto e o tratamento, incompleto. Alega encomendas e despesas já efetuadas. Sei do que se trata. Como sei o quanto Roger pode ser chato quando se trata de discutir com companhias telefônicas, concessionárias de serviço público. Ou a respeito, como é o caso, de despesas médico--odontológicas não discriminadas. Depois que ele volta de sua viagem post mortem, Arno já cremado em São Paulo, é este pagamento pendente o que o ocupa e obseda por semanas a fio. Chega, me lembro, a conseguir um acordo com o homem.

No telefone, Roger quer me prevenir para não dar dinheiro algum ao dentista e sequer recebê-lo, caso bata à porta.

"Esqueci de te avisar, e fiquei aflito de você, mal chegando, se deparar com o homem. Ele pode ver o movimento aí no apartamento, saber da tua chegada, e simplesmente aparecer."

Roger chega a pagar uma parte da quantia em litígio. Não tudo. E o dentista, nos últimos tempos, volta a cobrar a suposta dívida. Roger só pagará o restante se chegar a ver as próteses em porcelana que o outro alega ter feito. E ele quer que eu — mais uma vez, pois já fez isto quando aqui esteve — veja se não há nenhum dente de Arno. Em algum lugar.

Sugere começar pelo armarinho do banheiro.

Esperaria na linha.

A paranoia é que Verônica, que tem a chave, de conluio com o dentista — seu velho conhecido e vizinho — plante no apartamento uma prótese qualquer. Um cala-boca, se é que a expressão não fica esquisita no contexto.

Não tenho intenção de descobrir qual a aparência de uma prótese dentária de Arno. Ou como fica um Arno mais etéreo do que já é e sempre foi, e mais ainda agora, não existente diante da concretude de um dente. Não tenho intenção de vê-lo, halo pulsante em volta de um dente concreto, a rir pela primeira vez na vida, e na minha mão. Talvez até mordê-la.

É chegar um pouco mais perto do que considero o ideal em matéria do perto-longe que mantenho com Roger e seus familiares, os antigos e os atuais, completos ou aos pedaços. Mas ele insiste.

Abro o armarinho em que não há nada, nem prótese nem nada, e que pende, vazio, para um dos lados. O peso da porta, sem encontrar contrapartida de peso igual em seu interior, faz as linhas horizontais das prateleiras ficarem em diagonal.

Nada cai de lá de dentro.

O movimento apenas provoca um ruidinho no raspar da parede, atrás, ruidinho de fantasma. Fecho.
"Só gemidos de fantasmas."
Ele dá uma risadinha. Parece aliviado e decepcionado. Aliviado, como se tivesse medo de haver alguma coisa tão pessoal como esta, de Arno, a conviver comigo — sempre a pessoa estranha e sempre a pessoa presente. E decepcionado porque, ao mesmo tempo, deseja que haja. Como se, afinal, fosse importante haver uma possibilidade de seguimento, uma continuidade, tênue e tardia, com o pai-não-pai. Mesmo que seja através de briga. Inventada. E por causa de dentes. Falsos.
Mas não.
Nada há de pessoal, nem no armarinho, nem no resto do apartamento. Se Roger quiser algo para dar continuidade a um Arno, de presença tão rarefeita na morte quanto durante a vida, terá de me aceitar. A mim e a minhas histórias.
E eis um valão, admito, que ponho na sua frente. Todos os dias, sem descanso. E para cujo fundo ele também não olha.

Desabo no sofá.
A chuva cai inaudível. Ninguém passa na rua. Não há sons de espécie alguma.
Os apartamentos, todos, sem exceção (é o que me parece), são de temporada e estão vazios. Agosto, eu lembro. E domingo.
Depois de um tempo no sofá, encolho as pernas, buscando um conforto mais duradouro. Vai demorar, o mundo. É melhor me preparar. As almofadas são macias, atoalhadas, parecem um roupão velho a me cercar. Na minha frente, pendurada na parede, uma tabuinha muito fina e comprida onde pintaram o que caberia em uma tabuinha muito fina e comprida: uma roseira, também muito fina e comprida, e com galhos simétricos.

Fundo neutro.
O concretismo. Embora em férias à beira-mar.
Escurece assim, neste silêncio que nunca vivi antes.
Nada a ver com orelhas.
É tátil, o silêncio. Tem a ver com o corpo inteiro. É um peso que se faz sentir no corpo inteiro. E o ar que respiro é uma concessão temporária, relutantemente oferecida pelo silêncio circundante, a cada vez que o inspiro.

É só nesta primeira noite, isto. Depois, o silêncio muda.

A tabuinha pintada é para onde meu olho se dirige por quase todo o tempo que fico no balneário, sentada no sofá, sem fazer nada além de olhar a tabuinha. Quando devia estar esvaziando gavetas, revirando estrados de camas. Procurando a última peça de Arno em fundos de armários, tampos falsos de mesa. Falando com corretores de imóveis, pintores de paredes. Pondo lixo nos grandes sacos de lixo que, pelo menos isto, eu resolvo. Compro sacos de lixo na vendinha da esquina. O lixo. Os lixos. São primeiro guardados cuidadosamente pelas pessoas, sem que elas se apercebam de que são lixos. Sem que se apercebam de que vêm em camadas, lixos encobrindo outros lixos, na tentativa de que deixem de ser lixo.
Não levanto os tacos soltos para ver o que há embaixo. Não vou tão longe, em matéria de camadas. Me contento em comprovar as várias camadas superpostas, todas em tinta cinza, que cobrem o que é, lá no fundo, a geladeira da cozinha. Comprovo com a unha. A geladeira arrisca-se a se anular por baixo dos vários cinzas. Mas, vitoriosa, dá um jeito de aflorar sua pele avermelhada, ferruginosa, por sobre a última e mais grossa camada de cinza.

É sempre você quem decide, ela me diz, em qual camada quer parar de lutar. É sua a decisão de quando começa a ser inútil, a luta. Estivesse eu na minha casa, e teria de decidir, como faço todas as manhãs ao acordar, em que categoria — lixo?, não lixo? — devo classificar um forro de cortina que tem suas duas bandas unidas em uma fita-crepe parcialmente sem cola. Ou um armário de cozinha, este bem grudento depois de coberto e recoberto por vários plásticos: de florzinha, imitando madeira, listado. E uma cadeira em que sempre sento com muito cuidado, pois estala. Não estou em minha casa. Lá eu sei. Igual a Rose, eu jogaria tudo fora, inclusive a janela e o que se vê através dela. Aqui, o critério é outro. É o que fica melhor. Não para mim. Mas para um outro. Um comprador. Personagem por enquanto completamente imaginário. Acho que continuará assim.

Mas, a me distrair, novidades sonoras.
Muda o dia da semana e a rua continua basicamente deserta.
Mas, uma vez no meio da manhã, e outra no meio da tarde, em marcha muito lenta, passa um carro de som do lado de lá do valão, a ida. E depois de bastante tempo, e na mesma marcha lenta, do lado de cá, a volta. Faz propaganda de políticos locais para o cachorro melancólico, lá na rua a sonhar comigo ou com as lixeiras suspensas, nunca sei. Eleições daqui a dois meses. O carro é o mesmo de segunda a sexta. Muda o político. Um dia um, em outro, outro. Um consegue rimar "votar" com "melhorar". Para outro, quem pode pode, quem não pode se sacode. E é para votar no dois sete oito nove. Que rima com "sacode". Ou quase.
Um terceiro, de nome Toucinho, não usa carro de som. Cola cartazes pelos postes e muros. É um nome inesquecível. Guardo o Toucinho na memória. E mais inesquecível ainda ele

fica quando o reencontro, na volta para o Rio, em uma das primeiras listas de corrupção da temporada, Escândalo dos Sanguessugas.

Nos intervalos do carro de som, uma marreta pontua minha cabeça das sete às cinco. O apartamento do vizinho está em obras.

E uma bicicleta tilinta em horas certas sua cesta de pães e bolos.

É isto. Movimentado, afinal.

Há outros ruídos que incluo, como o da chuva, e que não são de fato audíveis, como já disse.

Mas acaba que são. Pela ausência.

É a chuva. E é Arno, magro, curvado, indo com seus chinelos de um lado para outro.

É Rose, sentada na poltrona, pigarreando e dando ordens, ela quer isso, aquilo, os cigarros, os remédios. Que não mais fazem efeito. O enfisema, seu chiado e tosse (que acabam por matá-la poucos meses antes de Arno) são presenças concretas.

Vejo Arno e Rose. Põem a mesa, comem em silêncio.

E me levanto do sofá para fazer, eu, os nuggets que como, almoço e jantar, em um forno que acendo, da primeira vez, chinelo já na mão.

Saem duas, mato.

Faltam as gavetas, tenho certeza de que há mais baratas. De lá sairão assim que eu mexer no puxador, mas não mexo. Não por elas, mas por mim. Saio do apartamento sem abrir algumas das gavetas.

Eu como os nuggets com pepino cortado, primeiro sem sal, pois esqueço de comprar sal. Depois com sal.

Roger torna a telefonar, telefona sempre. Quer vir se encontrar comigo. Digo que não. Falo que estou resolvendo tudo com facilidade. Descrevo a cidade pior do que é, para que desista. Insiste, insisto de volta.

    E fico.

2.

Arno e Rose saem de São Paulo, capital, e vêm para o apartamento do Guarujá na década de 80, quando ele se convence de que as visitas das jornalistas — a perguntarem sempre as mesmas perguntas — iriam ficar cada vez mais raras. Antes da mudança, ele já adota uma simplificação de respostas que prenuncia o fim. Querem sempre saber como era a fábrica do pai, querem que descreva os brinquedinhos. Mesmo quando não querem, é o que ele conta. E de novo, e de novo. Não há muito mais que falar.

Vêm para o Guarujá. E morrem poucos anos depois.

Quando vêm, Ingrid já havia morrido, divorciada de Gunther.

Chego a vê-la morta, vestida com sua roupa tão característica, as calças pregueadas de corte masculino, o blazer, também masculino, com uma flor artificial na lapela. Acabávamos de ter um de nossos reencontros, eu e Roger, depois de um tempo sem nos ver. Ingrid ainda dava, na ocasião, mesmo doente, aulas particulares de alemão. Tinha largado a estenotaquigrafia. Ou foi o contrário. A estenotaquigrafia, seu forte, que deixou de existir. Morta, na cama, ela traz, além da calça pregueada e do blazer, os cabelos tingidos de azul, para mim uma novidade. Poucos cabelos. Está quase careca no alto da cabeça. E é uma figura magra e pequena, como se fosse um passarinho, ou um menino envelhecido prematuramente. Logo depois de sua morte, Gunther se casa outra vez, com a Inacreditável Claudete. E retira do banco, vencido, a pensão que depositou mensalmente para Ingrid, desde a separação. E que ela jamais usou.

Arno e Rose vão para o Guarujá, como muitos vão para montanha ou praia, no discurso dado com ar de superioridade em relação a nós, pobres citadinos afogados em óleo diesel, em violência, em desumanidades tais como desconhecer o próprio vizinho. E nesta hora se levantam de seus sofás cobertos por mantas tricotadas à mão, estes desistentes da vida metropolitana. Se levantam como vencedores, não como desistentes. Vão tirar o pão feito em casa do forno a lenha montado em cozinha de azulejos imitando antigos. Azulejos que mandam vir de longe. Especiais. Imitando direitinho azulejos antigos. No meio do nada, não se fabricam azulejos que imitam azulejos antigos. Só há, no meio do nada, o real. Ou seja, azulejos novos que parecem novos. E estes não servem. Não atendem ao desejo de ter cozinha de azulejos antigos onde ainda se possa fazer pão caseiro, vestindo saias compridas e floridas. É este o quadro que Rose e Arno tentam vender, já que outros quadros, os concretos, os vendem cada vez menos.

Não que Rose jamais tenha pensado em fazer algo que dê mais trabalho do que abrir com os dentes um pacote de comida pronta ou quase. Mas o que este pão — o dos fugitivos das grandes cidades — tem dentro é, em geral, a consciência de um fracasso. Um segundo lugar — ou mesmo o último — na competição por um sucesso que não veio.

E aqui também é este o caso.

* * *

Chegamos a ouvir, eu e Roger, ao tomar um café vespertino com a colherinha sempre só minha e sempre inútil, espantosas declarações, pois feitas na voz de Rose (ainda e sempre a única falante da dupla).
Um artista precisa de tranquilidade para criar suas obras sublimes. Diz ela.
A agitação de São Paulo é contraproducente para o exercício da disciplina poética. Complementa.
E ouvimos isto, mesmo sabendo que a boca que o diz, a de Rose, nunca comprou nem por um minuto a ideia de sublimidade em relação às engrenagens de Arno. Quaisquer engrenagens. As artísticas ou as do corpo comprido, branco e magro.
Mas Arno, que agora repete e repete, com impercebidas variações, as formidáveis linhas retas de seus araminhos de cobre, poderia morar em qualquer lugar, São Paulo, Guarujá, Pirapora ou Botucatu. Não adiantaria. Ele não mais se diverte — tenha isto ocorrido em algum momento, o que é uma hipótese que ficará para sempre sem confirmação.

(Mas talvez sim.
Na fábrica do pai, murado pelo barulho das máquinas de costura da fábrica do pai, afogado pelo plástico que o pai produz e que serve para envelopar bebês, deve ter sido fascinante para esse garoto o caminho das luzes e dos movimentos das suas maquininhas. Caminho que, por não ir a lugar algum, é, por isto mesmo, o ideal para quem só deseja subir uma escada e entrar no quarto da mãe.)

Há mais um motivo para a existência do apartamento no Guarujá — além da distância de jornalistas e marchands a exigirem novidades. Nele, Arno e Rose também ficam longe de Roger. E da sua semelhança afrontosa com Gunther. E também longe de mim. Que os lembro, com meu olhar não pertencente, não cúmplice, disso tudo.

Faz frio. Desde que estou aqui, não tiro o casaco. Agora as coisas entram em um ritmo. Os períodos de silêncio se alternam com as marretadas no apartamento do vizinho, com a bicicleta que vende bolos, e com o cachorro que, enfim, late, sempre que não há motivo. E mais: há um liquidificador pela manhã, em algum lugar. E grupos de pessoas que emergem, insuspeitadas, de shorts e casacos, e de chinelos. Vêm de dentro das casas que me pareciam vazias. São os moradores permanentes da cidade, que eu acreditava não existirem. Surgem como surgem zumbis em filmes de terror. Devagar. Me espanto com eles. Os observo com toda a atenção. São arnos e roses, vindos de São Paulo ou alhures, e dos mais variados feitios. Vieram na certa para o que lhes pareceu, em dado momento, o paraíso. Nos fins de tarde, ficam de pé na ponte do valão e falam, fumam, tornam a falar. Não imagino o assunto.

Então é isto, digo para a tabuinha pintada. Eis-me. Mais perto de Arno e Rose do que jamais estive. Mais do que em qualquer fim de tarde de café e colherinha, biscoitos grosseiros, falta de assunto e vigilância mútua. Vigilância eficaz. Só me levanto, nessas visitas, para ir ao banheiro — e mesmo assim em último caso. Eu ir ao banheiro os constrange. Ir ao banheiro é intimidade maior do que a que pretendem me dar. E, agora, eis-me. Invadindo. Ainda que uma casca vazia.

* * *

    A área de serviço está coberta do pó e entulho que caem da obra do vizinho. Isto, e mais a chuva que não para, o frio, e a falta de outro local para secar roupa fazem com que eu ponha meu sutiã recém-lavado para secar em cima do fogão. Sem medo de surpresas. O local, no momento pelo menos, está seguramente insuportável para seres viventes e rastejantes: acabei de tirar os nuggets do forno. Ao voltar para a cozinha, vejo que o tecido, um náilon, fica marcado. Estava encostado em um dos canos quentes de gás. Este sutiã, com a mancha escura que não sai, e que é um dos meus preferidos, me fará lembrar do apartamento do Guarujá, mesmo depois de muito tempo. E mesmo depois de tantas outras coisas, tão mais graves. No meu dia a dia, já no Rio, tomado tanto por tensões similares a explosões islâmicas quanto por dóceis escovadas de dentes — e tudo mais que fica entre estes dois extremos —, a marca do sutiã é um registro, para mim tão importante quanto todo o resto. Talvez porque marcas pessoais, justamente, sejam o que não há no meio dessas pessoas com quem escolhi passar minha vida.

    Não as encontro, com certeza, aqui. Seja por cegueira minha ou porque nem tenham sido afinal assim tão abundantes. São poucos os anos que Arno e Rose passam neste apartamento. Na verdade, um dos motivos aventados aqui por mim para a vinda deles — ficar longe de Roger e da semelhança dele com Gunther — se dilui enquanto eles ainda estão em São Paulo, a capital.

    Pois nem mesmo a aparência pessoal é, por assim dizer, pessoal.

    Em uma prova de que biografia vale tanto quanto genética, as vidas díspares de Gunther e Roger fazem com que, quando Gunther morre, ele e o filho nunca assumido não sejam mais tão parecidos quanto já o foram. O dinheiro a arredondar o primeiro e minha presença a espicaçar o segundo separam-nos de forma mais definitiva do que qualquer tabela biológica, por mais que acreditemos em ervilhas e Mendel.

Acho que todas as nossas histórias, a minha incluída, seriam diferentes se Gunther algum dia tivesse se aproximado de Roger. Uma palavra que fosse. Nem precisava ser direto, às claras. Uma alusão, ainda que ninguém entendesse, só os dois. Ou se tivesse havido um carinho, um beijo, um abraço apertado. As histórias e os rostos seriam então diferentes.

Mas não.

O quadrinho da roseira. Um lustre de vime cujos fios se enroscam no fio elétrico, para disfarçá-lo. As almofadas atoalhadas. São testemunhas esquecidas, petrificadas, em tribunal há muito já fechado. Continuam a falar, para quem quiser ouvir, sobre a época em que o apartamento foi apartamento de veraneio, de lazer. Um inacreditável lazer a dois, de fins de semana, enquanto Arno e Rose ainda moravam em São Paulo, a capital.

Porque tem uma coisa que sempre deixo para o fim quando faço e refaço estas histórias.

O Ernie.

Muitos dos meus ernies entraram na minha cama já sem nome completo a ser memorizado. Hoje não lembro mais de nenhum. É engraçado o pouco que fica. Não são os nomes, isto eu asseguro. De um, guardei a nuca com um cabelinho que me deixava louca. De outro, um olhar de jabuticaba triste. Um terceiro comete a besteira de me abrir sorrindo a porta do carro, em dia em que me sinto lixo a ser jogado fora — meu filho pequeno, eu gorda e sem trabalho. Foi paixão imediata. E curta. Arlindo.

É isto que tenho deles. Com sorte um nome.

Com eles trepei ganindo como se não houvesse amanhã. Ou melhor, porque não haveria amanhã, eu sabendo disso. Com eles, e eu sabia, nenhum amanhã de telefonemas (que seriam meus e apenas meus, eu sabia) a buscar respostas polidas e evasivas (da parte deles). E nenhum depois de amanhã, na minha falta de ânimo para insistir, e aí, cara?, e tem feito o quê?

O de Rose se chama Ernie. Do dela, fica o nome. E muito mais.

3.

Sei lá como está a Visconde de Pirajá nesta época. A trepada de Gunther e Rose, única e ocorrida há muito tempo, parece até não ter existido. Rose deve ter feito o que fiz tantas vezes. Deve olhar para o cunhado, perplexa. E ter um arrepio quando pensa ter sido capaz de dar um passo, e depois mais outro, segurando a mão de uma pessoa como aquela, sem nenhum atrativo, e ir a um banheiro onde aceita participar de um teatro sexual apenas porque não lhe ocorre fazer nada diferente.

A época é precisa. Nove anos depois da trepada. Uma conta simples: Roger acha que devia estar com uns oito. Somando o período de gravidez, nove anos, então.

É aí que surge o Ernie.

Eu aqui, a olhar a tabuinha e seu concretismo de balneário, e meu espanto cresce.

Sempre deixo Ernie para o fim. Mas aqui com mais motivo. Mais espanto.

Porque até para mim — que tenho certeza de que Ernie existiu, e que é ele, de tudo que conto, a parte mais palpável, com datas e locais, documentos e objetos — é difícil acreditar.

Não que um Ernie não pudesse aparecer para alguém como Rose.

Isto é fácil. Até mesmo inevitável.

Sem obter vislumbre de calor da parte de Arno, cercada de linhas retas e cálculos, minuterias elétricas e projeções monocromáticas, Rose fabricaria um Ernie a partir de um poste. Quanto mais de alguém com topete alourado e sorriso perfeito, ombros largos e sobrancelha grossa. Que é o que está lá, nas fotografias ainda existentes, nunca queimadas. Mais um espanto, a sobrevivência de tais fotos.

Rose e Arno mantêm as fotos de Ernie. Isto depois de criar Roger, o filho de Gunther. Mantêm as fotos de Ernie. Criam Roger. Nunca cortam relações com Gunther.

E piora.

Pois depois disto tudo, como qualquer casal burguês de vida perfeitamente chata, acham viável comprar, e frequentar assiduamente, um apartamento de veraneio no Guarujá. Este. Que, antes de virar morada definitiva, é o que todo o resto do edifício ainda é: apartamento de fim de semana.

Tudo mais difícil. Muito mais difícil dizer um bom-dia ou o me passa a batata de todos os dias, se o cenário é este que aqui descubro. No Rio e depois em São Paulo, a vida pode ainda seguir um trilho. Tem, na rotina diária, os encadeamentos do isso antes, aquilo depois. As não conversas em vozes necessariamente baixas, olha o vizinho. As interrupções graças a compromissos salvadores, vou sair. Horários, pessoas conhecidas, hábitos, está na hora do jornal, vamos ligar a TV.

Nada disto existe durante férias, tudo muda à beira-mar.

Para um apartamento de veraneio leva-se um carro cheio de

tralhas e nenhum esteio. Uma barraca nova, colorida, uma torta pronta. E a possibilidade assustadora de não ter o que fazer. No caso deles, por causa de tudo o já vivido, e mais o Ernie, no banco de trás vem, entre tralhas, uma certeza. Não há como ela não estar lá. A certeza de que, para compor o silêncio das horas a serem passadas nas cadeiras alugadas na praia, nos almoços tardios e nas caminhadas de fins de tarde, eles têm de sempre olhar para o mar em frente. Nem por um segundo desviar os olhos de uma linha à frente — esta tão reta quanto as outras, as fabricadas.

Seu epíteto — a maneira como a ele se refere Roger — é: o homem que roubou o dinheiro de Arno.
É mais do que isto.
Ernie convive com Arno e Rose por alguns poucos anos, antes de propor um negócio. Abririam um restaurante.
Enquanto isto se resolve, trepa com Rose.
Diz-se cardíaco e portanto sob risco de morte. Risco que aumenta nas noites de folga da empregada, em que está sozinho em casa. A moça sai aos sábados meio-dia, volta na segunda. E nas noites dos sábados e domingos, então, ele também trepa com Roger — designado por Rose a ser seu pequeno guardião noturno, em bem-comportado sofá Gelli da sala.
Não é no sofá Gelli que Roger dorme.
Dos oito aos talvez onze anos, Roger não tem certeza das datas, ele e este homem veem revistinhas de sacanagem, fazem exercícios de masturbação mútua.
Roger nunca diz isso a ninguém.
Por muito tempo na infância, considera Ernie seu melhor e único amigo, a pessoa que lhe dá atenção, que o trata como alguém importante, como um quase adulto.
Só eu sei disto, e soube por acaso.

Saíamos de uma reprise do filme Tommy, com o The Who. Roger dá um risinho que, nele, sei reconhecer, é um indício de que quer contar alguma coisa mas que, para que isto aconteça, precisa que eu pergunte.

Pergunto:

"O quê?"

"Não, é que o uncle Ernie do filme... eu também tive um uncle Ernie."

O nome do cara com quem ele dorme dos oito aos onze anos é Ernst. Ernie para a mãe dele.

Não acha importante.

Não liga o fato de ter tido uma iniciação sexual com um adulto, e homem, e aos oito anos de idade, a outro fato, o de simplesmente não conseguir dizer que me ama. A mim e — acho, mas não tenho certeza — a ninguém mais.

O cartão de visita de Ernst, o código de entrada que ele usa para se aproximar do grupo do bridge, é ser tão europeu quanto eles. Tem a mesma origem e a mesma história trágica. Um igual, portanto.

Também pesa — pelo menos entre as mulheres — ser parecido com Walter Forster, o que ele procura acentuar com o tal topete, sempre em destaque nas fotos. Walter Forster é uma unanimidade nas novelas que então começavam na televisão brasileira. Em sua legião de fãs está, claro, Rose. Além disto, Ernst é um bom contador de casos. Tem humor, carisma. Cita as boates Oásis e Arpège, de São Paulo, com familiaridade. Um moderno. O que enche os olhos de Rose com imagens da vida que gostaria de ter e que tem cada vez menos. A vida de uma mulher livre, moderna. Ernie é seu sonho em forma de gente.

Quando ele surge, o que existe já é outra Rose, diferente daquela que dançava nua na sala de visitas. Quase não há mais tempo, e vontade de usar este tempo, para afrontar e rir. Ou

não é vontade. É possibilidade. Rose não consegue mais afrontar e rir.
Ernie é uma ressurgência. Na cristaleira da sala, o pouco que ainda existe do aparelho de porcelana branca com frisos a ouro de Limoges, vindo da Europa no navio original, é substituído de uma vez por todas por outro aparelho. Este tem bordas marrons, e é oferecido como brinde, prato por prato, contra a entrega de rótulos dos achocolatados Toddy. Rose compra Toddy às toneladas, supostamente para a alimentação de Roger. Ela compra, põe na água quente para retirar o rótulo, troca-o pelos pratos. E guarda as latas nuas, enchendo com elas prateleiras e mais prateleiras. Faz isto furiosamente. O aparelho de porcelana branca com frisos de ouro, sendo um resquício da família de Arno, é uma velharia a ser jogada fora.

Mas há mais nessas latas sem rótulo, empilhadas a esmo nas prateleiras. Elas são uma exibição de nudez banal, de alumínio, e acompanham outra banalização da nudez. Pois Rose continua a andar nua pela casa. Mas agora, sem a excitação do acinte. Anda porque anda. Porque faz calor. Porque é mais prático assim. As latas lhe fazem companhia.

E, na troca da cor dos frisos dos pratos em que comem — sai o ouro, entra o marrom —, fica o que restou de suas tentativas de furar bloqueios, de pôr coisas em movimento.

Pode ser que jamais tenha trepado com Ernie.

É a teoria de Roger, que não descarto totalmente. Ernie pode gostar apenas de crianças. Os há.

Neste caso, então, digamos que não trepam.

Rose não tem vontade. Não trepa há muito tempo. Trepar é coisa que não está mais na sua cabeça. Até porque, escolada sobre si mesma, ela também não estende mão alguma que possa ser tomada para que se vá a lugar algum. Como a pia do banheiro.

Nas lembranças de Roger, nada há que prove que Rose e Ernie tenham sido de fato amantes. Um esbarrão com Ernie na porta do quarto de Rose, uma vez, mas nada inapropriado. E um clima de cumplicidade, este testemunhado várias vezes, na mesa da cozinha. Um clima que se interrompe quando Roger chega da escola, a conversa passando a enfocar, por exemplo, as últimas novidades da Seleções do Reader's Digest. A revistinha sempre está por ali. E é empunhada ostensivamente entre panos de prato e latas de óleo, assim que Roger entra no recinto. Este o álibi: a banalidade. Funciona. Rose sabe. Funcionou antes. Pode ser que Roger se engane, e que a banalidade seja um álibi que funciona aqui também. Rose e Ernie, amantes.

Nos momentos em que Arno está presente, combinam como se dará a sociedade no futuro restaurante. Ernst, com sua experiência de homem vivido, habitué dos principais points de São Paulo e Rio, será o administrador do empreendimento. Iniciam-se as obras de remodelagem do espaço já alugado. O pagamento do aluguel a cargo de Arno. O pagamento das obras também.

Nunca ficam prontas.

Em uma visita-surpresa ao local, Arno e Rose descobrem que não há obra alguma. Operário algum trabalha em nenhum piso novo. Não chegam a interpelar Ernie. Ele some. Some antes. Ele e seu DKW amarelo, recém-comprado. E mais a empregada e as visitas vespertinas. Seu sumiço, aliás, nas semanas precedentes, é a razão da visita-surpresa de Arno e Rose ao canteiro de obras que não havia. Depois de uma noite de dúvidas, crises de consciência pelo que pode ser uma desconfiança infundada, enfim vão. Veem. Não acreditam. Precisam perguntar para o bar que fica ao lado. Não acreditam nem mesmo na viagem de volta. Mas não têm outro jeito a não ser acreditar.

Não ter encontrado Ernie nunca mais deve ter sido grande alívio para Arno. Tivesse, e ele teria de brigar, pela primeira vez na vida. E, nesta briga — eis o perigo com brigas —, poderia se ver compelido a não parar. A incluir tudo o que engoliu sempre, sem nunca dar o menor sinal exterior de ódio. Pois a lista seria grande. Ernie. E também o pai, a mãe, Rose, Gunther, Roger, as mudanças inerentes aos movimentos artísticos. E o mundo.

Sem Ernie a exigir brigas e atitudes, Arno faz escândalos substitutivos. Nota, afinal, que os pratos de friso a ouro não estão mais lá. E tem uma discussão com Rose, jogando no chão, teatral, os últimos exemplares que o ligavam a uma Limoges mítica. Salvou-se um. Roger o tem. Um prato de sopa. É onde Preta, seu grande e gordo gato branco, macho, bebe água.

Sentada no sofá do Guarujá desde sempre, adio as providências, que ficam a cada dia mais urgentes. Uma delas é empacotar a oficina de Arno, suas ferramentas e materiais, para mandar para a ONG.

Na primeira vez em que entro na oficina, que é na verdade um dos dois quartos do apartamento modesto, constato o que Roger me diz. A oficina tem indícios de um uso interrompido. E não de nunca ter sido usada.

Há mesmo um epóxi ainda macio, na validade. Há pacotinhos não abertos dos pregos pequenos que Arno usa nas bases de suas peças. Estopas semimergulhadas em aguarrás. E uma lata de aguarrás, do jeito mesmo que ele a mantém, aberta a formão mas sem tirar a tampa de plástico. O que permite que o líquido verta aos goles, na medida, com o fechamento necessário para que o restante não evapore, mesmo em prazos longos, de meses ou anos. A lata está nova, quase cheia.

Acabo indo.

O inventário visual de coisas particulares de outra pessoa me repugna. Ou é o cheiro do aguarrás. Tenho pressa, de repente. Com a ajuda de um pedaço de madeira arrasto tudo para dentro da caixa de papelão: arames de cobre, soldas, lixas, prumos, pinças, coisas que não sei para que servem nem faço questão. Lixinha, broquinha, formãozinho, tudo pequeno, de relojoeiro. Marretinhas de relojoeiro, chavinhas de fenda de relojoeiro, tudo pequeno, que é com o que Arno faz o que faz desde menino.

Abro um armário, espio de longe lá dentro. Nada de peça. Obra nenhuma.

Alô. Ó, nada de peça.

Mas tenho de achar, escuto, porque a retrospectiva fica muito melhor com uma peça nova.

Eu sei.

E, mais para cortar a conversa, prometo continuar a procurar.

Vou ver em mais lugares, prometo.

E ciao.

E volto ao meu sofá.

O apartamento tem uma varandinha que foi fechada e transformada em apêndice de sala. É lá que estabeleço meu segundo lugar preferido, depois do sofá. Na varandinha engulo meus nuggets diários e vejo a vista: a quina do edifício ao lado. É um segundo andar. Vejo a quina do edifício e também vejo o que vejo sempre que estou em balneários: se há alguma saída. Se, quando o mar subir e acabar com os balneários do mundo inteiro, depois do degelo da Antártida ou de uma praga mais forte de minha parte, dará para sair pela janela direto para o bote salva-vidas. Caso haja botes salva-vidas.

Roger me liga todos os dias, como estou e quando poderei voltar e como estão as coisas. Algumas notícias consigo dar.

A caixa com as ferramentas já foi despachada para a ONG. E estou a meio, asseguro, do meu esforço pela última obra de Arno, embora ainda sem sucesso.

Me recomenda que fale com vizinhos. Talvez Arno tenha ofertado a peça a algum amigo ou vizinho.

Eu falo com Roger e olho para a porta. Um automatismo. Uma pergunta sempre no ar de quando vou sair desse estar com Roger.

A porta é cinza, e até aí nenhuma surpresa. A tinta cinza de cima (a camada embaixo da cinza é de cinza mais escuro) está arranhada, gasta e remendada. Vista daqui, passaria por desenhos das artistas feministas, contemporâneas de Arno. As mulheres artistas de traços hesitantes, sobrepostos, e a quem ele dedicava seu mais absoluto desprezo. Pergunto a Roger se a porta não serve, caso não consiga encontrar uma última peça, e rimos juntos.

Pôr o apartamento à venda se mostra complicado. Na imobiliária da esquina, aonde vou mesmo com chuva para escapar do barulho da marreta do vizinho, o vago interesse por minha presença fenece quando me identifico como vendedora de imóvel, e não compradora.

Só com reforma e olhe lá, me diz um aplique acaju.

Eu já sabia.

Roger já sabia.

4.

Mas afinal começo.

Esvazio, pouco a pouco, o apartamento. Começo a tirar dele os traços da guerra que Rose e Arno travam por uma vida inteira. Na verdade, tirar os traços da vitória de Rose.

É dela a vitória.

Sei disto não só pela ausência de quadros de Arno, antigos que fossem, nas paredes. Sei pelo estado geral das coisas. Arno é quem, ferramentas à mão, costuma consertar o que não precisa de conserto, deixando para trás o que precisa. O apartamento não tem nada consertado. Nem o útil, nem o inútil. Arno não fez mais obras de arte. Nem consertos. Nem nada. Deve ter se arrastado atrás de Rose pelos últimos anos das vidas deles. E, depois de atender às necessidades de Rose nos meses em que ela esteve doente, quando ela morre e ele se descobre sozinho, passa a se arrastar atrás de fantasmas.

E tem a autobiografia.

Uma ideia sem a menor possibilidade de dar certo que Arno inventa em dado momento. O computador está na minha frente.

Um computador que já era velho quando Roger o dá para o pai, e está mais velho ainda, um dinossauro de boca grande, voltado para a parede. Está sem os arquivos. Roger apaga os arquivos quando aqui vem para o traslado do corpo. Não tem tempo para nada, além das burocracias da morte. Mas arranja tempo para apagar os arquivos. E apagar de novo, limpando a lista dos arquivos, já deletados, da lixeira do computador. Se ele já soubesse, naquela hora, que eu viria ao apartamento tantos meses depois, eu diria que era por minha causa. Para que eu não visse. Para que eu não tivesse, do pai, o que ele tem de Gunther. Um retrato ridículo, patético, para onde olhar. E rir.

Em todo o caso, segundo Roger, a autobiografia não consegue ir além de Villenburg, a cidadezinha em que a família se originou, e que Arno jamais conheceu. Os dados sobre o lugar são obtidos de enciclopédias e documentos que ele manda vir, pelo correio, da prefeitura local.

Nas almofadas atoalhadas que me servem de apoio quando ameaço ficar sem ar, claustrofóbica em um passado que não é o meu — mas que, de tanto pensar, imaginar, recompor e preencher, é, não o meu passado, mas o meu presente —, faço e refaço um Roger. Um Roger não mais fruto de Arno ou Gunther, personagens de outra época e local, com outra quebrada de corpo. Mas o da alucinação de carne e osso que persigo há tanto tempo.

Nas manchas destas paredes e portas, no ar provinciano que todos os balneários costumam ter — mesmo quando se vestem, como é o caso, com as últimas modas, hits e trends —, fico com a impressão de que vou encontrar, de fato, Roger.

Um deles.

Aquele que, por baixo da capa fina feita de gentilezas e ama-

bilidades, da capa da conversa que ele pode manter e desenvolver por horas a fio, não tem nada.
Ou melhor, tem.
Tem, não um provincianismo de Villenburg ou Guarujá, mas o que vem junto do que é provinciano — e isto em qualquer lugar do mundo — e que é uma brutalidade bronca, estúpida e fria.
É este o meu medo, que seja esta a minha descoberta depois de nem sei quantos dias, sentada neste sofá, a olhar a chuva.

Mas há providências.
É sempre uma dádiva, haver providências.
Papéis, decisões, lavar a louça, comprar água potável. Não fossem coisas a fazer, ninguém conseguiria chegar até a noite.
Ataques de pânico seriam escutados, vindos de janelas entreabertas, por quem passasse nas ruas, por quem estivesse nos pontos de ônibus. Os pontos e as pessoas inúteis lá, pois os ônibus, estes, não mais passariam, também inúteis.

Tenho que. Logo eu, que não consigo fazer vistoria do carro sem suar frio. Que não vou na Receita Federal sem sentir um aperto no peito quando chamam minha senha. Tenho que dispor de móveis, jogar fora objetos, pintar e vender um apartamento.
E encontrar alguma coisa de valor nisto tudo. Não que exista, necessariamente. Mas Roger recomenda diariamente que eu procure bem. Nos fundos dos armários, dentro de gavetas, embaixo dos móveis. Com vizinhos. Livros antigos em primeira edição. Gobelins quem sabe. Para que o dinheiro assim obtido, na venda que ele imagina possível, possa ser gasto em algo bem

inútil. Uma besteira que sirva de fim, de terra sobre o túmulo. Que, aliás, não existe, Arno foi cremado.

Por telefone, digo o quão miserável estou nesta cidade fechada para o inverno, onde chove, onde batem com uma marreta do outro lado da parede. E onde só há nuggets para comer.
Com um cabernet Santa Carolina a preço de banana que encontro na prateleira empoeirada da padaria da esquina.
Rimos.
Ele diz mais uma vez que vem em meu socorro. Digo mais uma vez que não precisa, o apartamento já semidesmontado. Ele não teria lugar nem para sentar.
Insiste, insisto de volta.
E mudamos então de assunto.
Ele fala do seu encontro com o curador da Documenta de Kassel, que resulta em fracasso. O homem tem um bigodinho aparado sobre o lábio superior. Deveria haver, e concordo com ele, uma lei — até que a humanidade cesse de existir — proibindo alemães de terem bigodinhos aparados sobre o lábio superior. Roger vai a este encontro, importante para a galeria. Mas, incapaz de desviar os olhos do bigodinho, mal e mal consegue trocar cartões com o homem, não chegando nem mesmo a falar sobre o Ronualter e suas instalações na encosta do Chapéu Mangueira. Ronualter, um dos nossos artistas oriundos da ONG, faz instalações no morro, visíveis da praia do Leme. É o motivo principal de Roger ir falar com o curador da Documenta.
Para consolá-lo, falo do aplique acaju. Apliques e bigodinhos, acabamos por rir.
Adianto sobre o pintor-pedreiro que arranjei, digo que se chama Alemão. É a verdade, o homem é um albino, não posso

fazer nada a este respeito. Mais risadas. E ele diz, outra vez, que está com saudade.
Não é fácil me afastar de Roger.
Saio para comprar mais sacos de lixo em que pretendo virar as gavetas que faltam, sem nem olhar.

Lavo blusa, meias e calcinhas no banho, o apartamento não tem máquina de lavar, e não quero pedir a Verônica uma sociedade na dela.

É Verônica quem intermedeia o encontro com o Alemão. E acrescenta que ele também pinta direitinho, dando a entender que o homem pode se encarregar de transformar o apartamento de Arno em algo vendável. É Alemão, diz ela, quem se encarrega dos consertos e reformas de todos os apartamentos das redondezas. É o dono da marreta, já minha conhecida.
Não que eu tenha escolha.
Sei como estas coisas funcionam, é uma espécie de compra de proteção.
Os apartamentos da cidade, vazios a maior parte do ano. O que os impede de serem saqueados — além da criteriosa renúncia a qualquer coisa de mais valioso dentro deles — é um acordo de trocas. Eu não assalto a sua casa vazia. Você me contrata para consertá-la, e não reclama do preço ou do serviço.
Mas, sendo assim ou não, Alemão não parece interessado em trabalhar para mim. Me olha de soslaio quando nos cruzamos pelos corredores. E, um dia em que saio para deixar o lixo no engradado alto da calçada em frente, comenta, com um tom de pouco-caso na voz, que já trabalhou uma vez para Arno.

Foi ele quem fez o buraco na parede do banheiro, diz, para que Arno embutisse o armarinho em cima da pia.

E me olha novamente, com expressão de que trabalhar para Arno foi sumamente desagradável e que não pretende repetir a experiência.

É um sábado.

Descubro, quando escurece, que, aos sábados, as noites de agosto no Guarujá são muito movimentadas. Passam bandos de motocicleta a toda, grupos de arruaceiros falando alto e chutando latas. Acho que ouvi tiros e gargalhadas. Talvez fossem tiros para o alto, para festejar alguma coisa, e não para atingir alguém. Procuro pensar assim, pelo menos.

Eu já havia dormido um pouco, apesar de tais barulhos, quando acordo.

Estou empapada em suor.

No meio do sono, lembro que, no primeiro telefonema de Roger, ele pede que eu procure uma prótese de Arno no armarinho do banheiro. Lembro que eu o abro e, ao abri-lo, a porta com o espelho, sem a compensação de peso dos objetos inexistentes nas prateleirinhas internas, pende para um dos lados, inclinando o resto todo.

Volto até lá.

Abro a porta outra vez, o armarinho inclina. Fecho a porta, ele desinclina. É o mesmo resultado pendular que obtive nos meus primeiros minutos de Guarujá.

Estou de pé na semiescuridão.

Só acendo uma luz de abajur ao levantar. Estou de pé, com os pés só de meias, não gasto o tempo de pôr o chinelo. E olho para o armarinho.

O armarinho não é do tipo que se embute. É do tipo de pendurar. Não há outro armarinho no apartamento. Alemão diz que trabalhou para Arno fazendo o buraco para embutir um armarinho.

Ando por uma estrada de terra entre colinas, no meio da noite.
As únicas luzes são as que vêm de uma cidadezinha próxima, para onde vou.
É como eu me guio, pelas luzes das casinhas na distância.
Súbito, um apagão elétrico.
Todas as luzes se apagam.
Ficar parada é convidar animais que veem no escuro para que se aproximem.
Sentirei o cheiro deles antes de sentir o toque de seu focinho úmido em partes inesperadas do meu corpo.
Talvez veja o vermelho dos olhos.
Então eu ando.

Outro:
Começo como se eu fosse uma criança, brincando.
A brincadeira é que aquelas pessoas que estão por ali, seguindo suas vidas, não me vejam passar.
Aos poucos me dou conta de que elas na verdade procuram por mim. E fazer com que elas não me vejam não é uma brincadeira, mas uma necessidade.
Chegam outras, cochicham, têm armas.
Elas me procuram. Não há mais clima algum de brincadeira.
Em pânico, olho, espremida no vão atrás de um armário, elas passarem de cá para lá.
E tento me lembrar de como era mesmo o corredor de entrada.
E onde estão as portas.

Se eu me lembrar, talvez dê para tentar escapar.

São os sonhos que tenho ao voltar para a cama.

Desisto de dormir e volto ao banheiro.

Na madrugada, de pé, parada em frente a um armarinho de banheiro de uma casa que não é a minha, penso nos sonhos que tenho. Penso neles obsessivamente, como se lembrar do que, no meu subconsciente, me fez atentar para a porta que pende torta na minha frente seja mais importante do que descobrir quem e por que está mentindo.

Se é o Alemão, ao dizer que fez um buraco no banheiro. Se é Arno, ao pedir a ele que o fizesse.

Mas penso é nos meus sonhos. São sonhos angustiantes, os meus. E eis algo que não muda desde o Guarujá. Mentira. Não muda desde sempre.

Hoje já há mais que os PCCs, ADAs, CVs, CJs e outras siglas, todas explosivas.

Há a clara ligação delas com o poder.

Mas na época, e no Guarujá, o único sinal de cegueira é que ninguém parece notar um chegar mais perto. Só eu. Nesta e em outras noites, no escuro das noites, os quarteirões finais da bucólica rua de classe média onde fica o apartamento de Arno se aproximam devagar do morro vizinho. Se misturam, sem fronteiras. O morro tem um nome que eu adivinho ainda soar recente aos ouvidos dos seus habitantes: Vila Baiana. E neste nome, a violência contrária e igual à dos grupos que de lá saem. O nome do preconceito.

Me reconheço na ponta errada da corda. E não importa ONG, ideias ou em quem voto. Ou em que meio nasci — nem um pouco de classe média.

Quando amanhecer, Alemão pontuará suas marretadas com o assobio de alguma música que não conheço. E que ele repete, do lado de lá da porta, me dando sempre a impressão — eu sentada nas almofadas atoalhadas, sem coragem de abrir gavetas, ver fundos de armário, contratar serviços, comprar mais sacos de lixo grandes, bem grandes, para que caiba tudo que ainda resta para jogar fora, no apartamento e em mim — de que ele assobia para mim. Para que eu o escute.

E a mentira sobre o armarinho do banheiro é um plano dele que não entendo e que ainda vou descobrir qual é, na ponta de uma faca. Ou na marreta dele descendo sobre minha cabeça em um momento meu de distração.

Ou, então, nada disso. E Arno é mesmo um total maluco.

Depois de passar uma vida sem demonstrar emoção alguma a respeito do que Rose faz ou deixa de fazer — ou a respeito de qualquer outra coisa —, Arno afinal desiste de qualquer pensamento lógico, e aceita o convite da loucura. Ponto-final.

Mas não me convenço.

Não consigo ver como indício de loucura os gestos que ele interrompe pela metade mas que depois retoma, metódico, implacável, exatamente de onde estava, até terminar. Seja a reconstituição de algum vasinho que quebra, seja o esfarelamento, com os dedos, do fumo que põe no cachimbo. Seja uma frase que ninguém mais se lembra como começou.

Não é maluco. É terrivelmente duro e frio.

5.

Volto ao banheiro. De novo.
Examino a parede perfeitamente lisa que está por trás do armarinho. Há uma possibilidade que não me ocorre de primeira. É o contrário da loucura, é um exemplo, mais um, da determinação de Arno. Embora seja, neste caso, um exemplo relativamente inocente da sua — e hesito em qual palavra usar. Determinação, mas não é bem determinação. É um divórcio entre suas ações — sejam elas quais forem — e o contexto delas, ou seja, o mundo.
Então, pode ser.
Ele está na loja. Está comprando o armarinho. E aí decide. Compra de outro tipo. Do tipo que não se embute. É possível. Por que ele iria se incomodar se, no seu apartamento, há um buraco? Só mais um (sendo bem grossa), além dos de sua esposa. Só mais um, aberto para seu uso, lá, esperando por ele, inútil.
E, se as coisas mudam, se era para ser de um jeito — embutido — e acaba sendo de outro, o bom é que tanto faz.
Volta e mura o buraco. Uma massa opaca que cubra, que

ajude a fazer de conta que o que estiver por trás, ou antes, não existe. Como sempre faz.
É isto. Me sinto aliviada. Arno muda de ideia na loja, e tampa o buraco que outro Alemão faz. Como sempre. Pronto. Resolvido o mistério.

Na televisão do apartamento só pega a Band. De qualquer maneira, vai, amanhã de manhã, para a casa da Verônica, meu presente de despedida.
Ao receber a notícia, ela diz, o que é isso?!, contente. E insiste em só pegar a televisão depois que eu sair.
Eu falo que não, que é preciso começar a esvaziar o apartamento. Digo isto sem saber como dizer outra coisa. Nem para ela, mas para mim. Que não, a televisão não vai fazer falta. Que o som da televisão, os programas, não fazem diferença alguma. Pois a marreta durante os dias, a voz previsível, e nem por isso menos desejada, dos telefonemas de Roger nos fins de tarde e, principalmente, os sons aprisionados pelas paredes marcadas de Arno e Rose já são programa mais que suficiente para me levar todas as noites, olhos abertos no escuro, o teto sendo uma tela, até as manhãs dos dias seguintes.
E, na hora em que ofereço a televisão a Verônica, ainda não sei disto. Mas, no final da minha estada, mais um filme irá ocupar minhas madrugadas. Meu medo do Alemão. Não só a consciência de uma luta de classes que se avizinha e da qual me vejo sem ter como escapar, logo eu, a boa pensante, a de biografia impoluta. Não só. E não por alguma atitude dele. Mas porque pus nele outro medo meu, mais antigo e mais amplo, e que é de outro alemão, ou descendente de. Alguém que sempre aparenta ser muito calmo e gentil e que, no conceito de todos os que o conhecem, é incapaz de fazer mal a uma mosca. Roger.

Descubro ter medo da gentileza de Roger. Descubro ter muito medo do jeito aéreo de Arno. Descubro que Rose deve ter tido muito medo de Arno. Descubro que atrocidades e guerras são muito mais apavorantes do que eu poderia pensar. Porque, mesmo depois que acabam, o medo e as consequências do medo ficam. E nem é mais importante o que o causa. Tenho muito medo do medo deles.

Saio. Mal amanhece. Saio na chuva e no vento, meu pé se molhando em poças. Vou, quase correndo, a um hotel de luxo das redondezas. Não é o Delphin, que fica perto. É outro, mais longe. O único a ter serviço público de internet. Subitamente acho que não posso mais perder tempo para limpar a caixa de entrada dos e-mails, que estará cheia, como sempre, de spams. Que é urgente teclar gracinhas no twitter. Trocar rsrsrs e :)))) no facebook. Dar opiniões, curtir posts dos outros. Comentar filmes, frases poéticas, diatribes.

Já tenho um começo.

"Estou num cyber vendo a chuva e..."

Não seria apropriado dizer, estou no business center de um hotel de luxo fora do Rio, que fica perto de um apartamento que está com a porta arranhada e remendada, geladeira idem, e cujo sofá, em que gosto de sentar, está com um pé frouxo que me derrubará a qualquer momento.

De qualquer modo, cento e quarenta caracteres.

Fico com frasezinhas do tipo: oi, descobri um cybercafé no deserto. E outras brincadeirinhas esperáveis. Termino dizendo que daqui a pouco estou de volta. O suficiente para que todos achem que continuo a mesma de sempre.

Depois, saio e começo a andar em direção contrária à do apartamento. Estico o passeio em ruas desertas e molhadas. Vou ao shopping. As mesmas lojas de todos os shopping centers do mundo, e um café expresso forte, de que não gosto. Depois, passo por um restaurante a quilo, boa alternativa aos nuggets. O restaurante é enorme. Mas agora, lá dentro, só eu e um cara que me olha com curiosidade. Está sentado a uma mesa próxima à que escolho. Não come. Vê uns papéis, cara preocupada, caneta na mão. Provavelmente o gerente.

De volta à rua, um jovem casal encasacado me pede que tire uma foto deles com a praia ao fundo. Sorriem para o clique, parecendo radiantes por um breve momento, depois que eu me acerto onde apertar e por onde olhar. Vê-los radiantes é uma questão de ajustar o olho dentro dos limites de um campo pequeno de visão. Em geral é.

Quando chego de volta ao apartamento, Verônica vem falar comigo, sem nenhum assunto aparente.

Se está tudo certo.

Está.

Obrigada pela televisão.

De nada.

Que, quando Arno morre, ela limpa tudo que dá para limpar. Que sempre cuida bem do apartamento.

Obrigada.

É uma pena, não?

Pergunto se ela gostava muito do Arno.

Diz que, na verdade, o contato mais estreito dela com eles é na época em que Rose ainda é viva. Arno, depois que fica sozinho, se mostra muito independente, raramente a chama para alguma faxina, fazer comida. Diz. Ele mesmo cozinha, e até a roupa dele, ela acredita, ele mesmo lava. Embora ela note mais de uma vez — nas raras vezes em que ele sai para fazer alguma compra, pegar dinheiro no banco ou pagar contas — que as roupas na verdade não estão lá muito limpas.

Mas é um período pequeno, este de Arno sozinho.

Eu sei.

Mesmo no final de sua doença, quando o remédio não mais faz efeito, Rose se nega a ir para São Paulo, onde teria um atendimento melhor. E se nega também a parar de fumar. Então, dura pouco, sua sobrevida.

E, neste período, é Arno, provavelmente, quem faz tudo, ela sem fôlego até para levantar da cadeira. É ele quem lhe dá cigarros, remédios, prepara seu banho. E a põe na cama, de onde ela o chama para que arrume os travesseiros, traga outro cigarro, ou água. Quando Roger vai ao Guarujá, por ocasião da morte dela, encontra um Arno exausto e como que fora de si.

Digo a Verônica que vou precisar de ajuda para dispor de muita coisa de que não terei como me desfazer antes de ir embora. E a contrato para mais uma faxina, depois que o pedreiro acabar os consertos. Aceno com a possibilidade de uma comissão, caso o apartamento seja vendido logo, o que não parece animá-la muito. É realista.

Pergunto se nunca viu nada que se pareça com uma pequena engrenagem, com luzes e movimentos. Não viu. E ela ressalta mais uma vez que pouco vai ao apartamento depois que Rose morre. E que, mesmo antes da morte de Rose, de qualquer maneira não tem licença para entrar na oficina.

A vizinha de baixo se mostra amigável, tendo dito um foda-se entre dentes para provar isto. Conheço o truque. Você fala um palavrão para quem não é íntimo. Há uma boa chance de se tornar íntimo.

O foda-se da vizinha é a respeito da obra no apartamento ao lado, que ela não tem obrigação de controlar. Que já faz muito em averiguar sempre se o pedreiro lembra de trancar a porta ao sair.

Depois me conta do seu câncer. Da irmã que teve um AVC do qual ainda não se recuperou. E espera que eu pergunte sobre a pessoa no porta-retratos da sala, um senhor de cabelos brancos, porte atlético e com uma surpreendente sunga branca.

Não pergunto.

Não é só porque sou mazinha. Acho que, neste momento, me sinto enjoada de tantas histórias. No ônibus de partida do Rio, no início da minha viagem ao Guarujá, por exemplo, fico sabendo tudo sobre um ramo da família Pinheiro Mattos. Os dois filhos que morrem. Curiosamente, com a mesma idade, vinte e oito anos, embora com uma diferença de anos entre as tragédias. E devo ter me abstraído por alguns segundos entre Pindamonhangaba e Caçapava, porque, quando volto a prestar atenção, a frase que escuto é:

"E nunca ninguém soube quem deu aquele telefonema às cinco e meia da manhã."

Concordo, grave, e minha então companheira de viagem se persigna como vem fazendo desde antes de o ônibus sair da rodoviária do Rio, o terço nas mãos, dormitando de vez em quando e, a cada vez, ao acordar, um sinal da cruz e um resmungo que provavelmente é o que ela considera sua garantia de entrada no céu.

No segundo ônibus, o da estação Jabaquara até o Guarujá, a história é a de um cara com um enorme volume de vasilhames vazios. O volume não pode ir no porta-malas do ônibus porque o motorista não deixa. O cara vai saltar em Vicente de Carvalho, e a empresa só permite abrir o porta-malas nas rodoviárias de partida e destino. E não no meio do caminho.

Aqui, a frase com a qual concordo, grave, é que a vida é assim mesmo.

E me oferece um gomo da mexerica.

Comemos, olhando para o horizonte. The end.

Resta a minha. A história que está em suspenso neste apartamento vazio.

Sei a que eu quero, não sei se vou tê-la. E nem sei mais se quero.

6.

Rose e Arno nunca se separam. Nem temporariamente. Nenhuma briga mais feia, como as que eu e Roger tivemos de montão.
Vejo assim.
À medida que os anos passam, Rose, que nunca conseguiu grandes noites de amor com Arno, meio que esquece o assunto. Sexo deixa de ser uma coisa importante na vida dela. Depois de Ernie, não há mais ninguém — se é que Ernie de fato é um amante de cama, e não apenas de sonhos. Os dias vão se seguindo, batatas vão sendo cozidas. Haverá trocas de comentários sobre uma ou outra qualidade de batata. A de casca roxa, não muito boa. A que empapa no cozimento. A que tem caroços duros na polpa. E eles estabelecem uma tarde por semana para irem ao melhor lugar para comprar batatas. Como, aliás, estabelecem outros rituais. Todos os velhos casais os têm.
Nas noites de terça-feira, riem juntos de algum programa humorístico da televisão.
E secretamente se dizem, cada um para si mesmo: afinal, se

conhecem tão bem um ao outro que, sim, se gostam, claro que sim. E confirmam isto no que foi? que foi? de alguma apneia noturna. Ou quando um retorno a casa se dá depois da hora normal. Nunca se referem, sequer implicitamente, a Gunther. E Roger mora longe deles, o que leva, também para longe deles, a sua incômoda semelhança física com o pai biológico.

Quanto ao Ernie, o desfalque de dinheiro é o que o define, não sua atuação na cama. Nos anos seguintes a seu sumiço, e para todo o sempre, Ernie será o filho da puta que se aproveita da bondade deles para roubar dinheiro deles. E o pronome possessivo, tanto quanto o dinheiro ou ausência de, os une.

E é isso.

Uma história de amor, com um fecho de ouro à altura do palco monogâmico de um balé de cisnes brancos. Um morre, o outro morre em seguida, incapaz de conceber a vida sem seu par de todo o sempre. É uma história. Apesar de os cisnes serem, eu vi, garças. E o palco, um valão.

A vizinha responde à minha pergunta.
Não, nunca vê quadro ou escultura de Arno.
Descrevo.
Parecendo uma maquininha?
Não.
E, sim, o pedreiro, que é de toda a confiança, faz uma pequena obra no apartamento de Arno para embutir um armário no banheiro, logo depois da morte de Rose.
Ela tem certeza.
Digo obrigada.
Tem alguém mentindo. E, desta vez, não sou eu.

De noite, levanto mais uma vez. E faço o que sempre se faz nessas horas idiotas, e que é repetir e repetir a mesma coisa, obtendo sempre o mesmo resultado, e sempre achando que, da próxima vez que você repetir tudo exatinho igual, quem sabe o resultado não vai ser diferente.

Nunca é.

O armarinho não é do tipo que se embute.

Volto para a cama só porque estou com frio, dormir nem pensar.

Marretas caem sobre minha cabeça pelo resto da noite. Gargalhadas gargalham nos meus ouvidos pelo início da manhã seguinte. Às dez e meia — hora em que decido que já basta de aturar a manhã, vamos ver como se nos apresenta a tarde — enfrento um nuggets com presunto. Que me dá azia.

E grudo o chiclete, com que tento controlar inutilmente a azia, no olho mágico da porta. Porque posso jurar que o Alemão, no corredor do andar, espia pelo olho mágico, de fora para dentro, para ver o que estou fazendo no sofá.

Não estou fazendo nada.

O chiclete é meu segundo plano de defesa. Antes, pego um papel e o mantenho assim de lado, para que, quando ele me espie, eu finja ler, muito compenetrada, altos assuntos e resoluções. Quem sabe ele fica impressionado e não me mata na primeira oportunidade. Para roubar minha mochila nova, a vermelha, por exemplo. Porque a outra, a amarela, velha de dar dó, ele não vai querer. A amarela é de lona, comprada na Feira de São Cristóvão. Ele não vai querer mochila de lona amarela da Feira de São Cristóvão, porque dessas, nordestinas que são, ele tem um cabo de vassoura cheio na casa dele. Casa esta, tenho certeza, na Vila Baiana, a favela do fim da rua. Aquela que chega mais perto a cada vez que eu olho.

E não só nas madrugadas.

Estou ficando tão louca quanto Arno.

Faço um grande embrulho com as almofadas atoalhadas que estão em melhor estado. Mando para a ONG. Duas ficam, para que eu tenha onde sentar. Não saberia sentar em outro lugar e, para provar isto, lá fico, sem fazer nada, até a hora de entrar no ônibus de volta para o Rio.

Consigo afinal que a maior parte das coisas desapareça do apartamento. Os móveis melhores somem devorados por uma Kombi de uma loja de móveis usados. A Kombi que leva o corpo de Arno para o cemitério da capital onde será cremado tem, segundo Roger, um Só Jesus Salva escrito no vidro traseiro. Esta também. Deve ser a mesma.

O resto das roupas da casa e outros objetos de Arno vão para uma entidade beneficente.

O próximo e último passo será despejar o conteúdo de umas gavetas que ainda não abri em um saco preto já preparado na minha frente. Não abri e não quero abri-las.

Fico sentada nas duas almofadas que restam. Na minha frente, a marca do quadro-tabuinha, o da roseira fina e comprida, aponta sua ausência da parede. A marca fica perto do vestíbulo que dá para o banheiro. Lá atrás, ao fundo, a parede do banheiro, agora vazia, me olha. O armarinho também já foi.

Não tem jeito. Abro as gavetas.

Aparelhos velhos de barbear, uma caixa de lápis Faber--Castell, botões, moedas e chaves.

Nenhuma barata.

E uma chave de fenda. Não na primeira gaveta.

Fico com a chave de fenda na mão por um bom tempo, e aí vou para o banheiro.

Dou umas primeiras batidas com a chave de fenda na parede do banheiro. Depois, pego uma madeira que sobrou da oficina de Arno e aumento minha eficácia. Bato com força a madeira na chave de fenda já na posição. Mas paro. O barulho. Não quero que saibam o que estou fazendo.
Foda-se.
Recomeço a desbastar o emboço. Desta vez, combino minhas batidas da madeira na chave de fenda com as batidas da marreta do Alemão no outro lado da parede.
Descubro um papelão logo ali, por baixo do emboço.
E descubro que, atrás do papelão, tem um saco plástico dos Supermercados CompreBem.
E que dentro do saco plástico dos Supermercados CompreBem está a última obra de Arno.

Fios de cobre com uma variação que vai do laranja ao verde, dependendo da luz — como, aliás, é próprio do cobre. Mas que dá, nas obras de Arno, um efeito moiré meio hipnótico.
Até aí tudo bem. Igual a qualquer uma de suas outras peças.
Mas, em determinada área da peça, os fios têm contas vermelhas. Formam uma espécie de ábaco, em linhas retas. É a primeira vez que vejo esta cor, vermelha, tão viva, em uma obra dele. Ponho na tomada o fio elétrico que sai da base. O ábaco vibra, chacoalhando as contas. Faz um som. Parece uma gargalhada dessas de desenho animado. A última peça de Arno dá gargalhadas.
Na minha cara.

* * *

As continhas vermelhas me parecem, neste primeiro momento, sementes de mulungu. Chego à conclusão de que devem ser mesmo mulungu. Mesmo sabendo que registros de brasilidade — ou de qualquer coisa que denote nacionalidade, qualquer nacionalidade — são uma impossibilidade na obra de concretistas internacionalistas. Mesmo nos de menor fama e fôlego.

E não é só por causa da palavra em si, "mulungu", completamente africana. (Pessoas negras são, para Arno, ainda mais invisíveis do que as brancas.) E também não é só porque se trata de um ícone regional do Nordeste brasileiro. (O Nordeste é, para ele, uma notícia ocasional de jornal — e do tipo desinteressante.) É principalmente por ser vermelha — cor de todo ausente das obras de Arno. Arno trabalha em PB. Quando muito, PB com uma única outra cor tendendo ao neutro. E o cobre.

Vermelho, nunca.

Mas, com mulungu ou sem, na minha frente está a última peça de Arno. É o que falta para a exposição de Roger, e fico feliz com o achado.

Está quase na hora de eu ir embora. Mas ligo para Roger do celular, para poder falar e ir pondo as coisas já para fora da porta.

Digo do mulungu. Ele ri, achando que brinco. Repito: mulungu.

Ele então adota a atitude de concordar, hum, hum. Uma maneira de passar adiante rapidamente, abandonar o assunto que eu, evidentemente, não apreendo bem. É impossível. Com certeza me engano, diz ele, já ficando um pouco ríspido. Não é possível um mulungu na obra de Arno. Que, mesmo se falasse mais do que fala, nunca conseguiria sequer pronunciar tal palavra. Que dirá usar a coisa em si, e logo em suas formidáveis linhas retas.

ver.
Concordo. Outro hum, hum, este meu. Não insisto. Ele vai

Quem diria. Será vermelha a capa do catálogo. Programado desde sempre, o catálogo está sempre presente nas conversas que Roger mantém com Arno por toda a vida — e que não podem, na verdade, ser chamadas de conversas. É mesmo o único assunto a preencher os hiatos sonoros que definem — mais que o sintagma "conversa" — os encontros, raros, dos dois.

Um ritual. É assim.

Sentam. Roger faz algum comentário genérico sobre catálogos de arte. Arno balança a cabeça.

Roger pergunta sobre o andamento de alguma providência que Arno precisa tomar a respeito do catálogo. Por exemplo, se, por acaso, Arno já conseguiu determinar a data de tal série. Ou o paradeiro do esboço tal. A resposta vem depois de longos minutos ocupados com o cachimbo.

Arno diz que não sabe. Balança a cabeça.

Roger continua. Quem foi mesmo que comprou a peça tal? Pausa.

Arno acha que foi o fulano. Depois diz que não. Foi o sicrano.

Isso quando responde. Nem sempre responde. As frases — que seriam as respostas — ficando pelo meio, no ar, esperando por um predicado, um advérbio. Até serem interrompidas por Rose com outro assunto. Você viu o filme tal?

O catálogo de Arno para a exposição será impresso, isto já está combinado, a preço de custo (talvez até saia de graça, se fecharem um patrocínio), na gráfica de Gunther. Uma das mais modernas do país, está agora nas mãos de seu único filho legítimo, o que ele teve com Claudete.

* * *

A fileira de mulungus embrulhada na minha frente será fonte de frases que já escuto. Falarão da inserção tardia da obra de Arno em um acervo cultural que não se pode mais qualificar de local, visto que. E a continuar a frase, palavras e mais palavras. Tanto faz. O vermelho vai funcionar. O mulungu será um choque. A exposição será um sucesso. Melhor para Lígia. Tenho vontade de dizer, no celular: que bom para Lígia. Mas não digo. Uma provocação. E tenho preguiça.

Roger lembra que, há uns dois anos, outro artista da mesma vertente cinética também morre. Este usa rebocos e restos de demolição em composições com backlight. Críticos fazem uma comparação com Arno, que Roger considera ser desfavorável a Arno. A morte do cara provoca uma reação em cadeia de atenção aos artistas da mesma época. Uma exposição é armada no MAM. Arno entra no setor "contextualização". Roger fica puto. Garanto a Roger, chutando o reboco que enche o chão e minha roupa, que não há reboco na peça de Arno. Rimos. Desta vez com pouca vontade, tensos.

No final do telefonema, antes de nos despedir, conseguimos uma espécie de acordo. Ele e eu concordamos que Arno, afinal, deve ter tido um início de Alzheimer. É a explicação que nos satisfaz a ambos para mulungus emparedados na parede do banheiro.

7.

Volto ao Rio. Deixo tudo certo no Guarujá. O aplique acaju vai pôr o apartamento à venda mesmo enquanto o pedreiro acaba de ajeitar o que falta, agora acrescido de novo buraco, o recém-feito por mim na parede do banheiro.

Não tenho a menor ideia de por que Arno empareda sua última peça. Mas tenho certeza de que loucura, no sentido de quebra da lógica — mesmo se levarmos em conta velhices & alzheimers —, não tem lugar na cabeça dele. A loucura de Arno, existindo, será o contrário da loucura entendida como quebra da lógica. Será a loucura do plano perfeito.

É o que penso já nesta primeira hora enquanto olho a obra do mulungu recém-retirada do seu esconderijo.

Mas, quando saio, faço questão de deixar a sujeira do entulho cobrindo pia, chão e carpete do vestíbulo. Não há nada limpo ou reto ou claro no jeito como deixo o apartamento.

Arno, Rose, Gunther, Ingrid não mais existem. Ninguém mais do bridge. Morreram todos. Não há mais quem tenha vivido

o que viveram. Outras guerras, outras mortes em massa os cobrem. As de todos os dias. As de qualquer lugar.
Vou vendo o Guarujá pela última vez pela janela do táxi. Os grandes estacionamentos para carros, desertos, parecem isto mesmo, desertos. O chão é o mesmo: areia. Passo por um trenzinho de passeio turístico, pneus baixos e cheio de folhas. Quiosques na praia, fechados, com suas barracas semiderrubadas pela última ressaca, a mais violenta até então. O motorista do táxi nem olha.
Deixo a cidade, fechada, quase inexistente.

Há um dia, durante minha estada lá, em que desisto do sofá. Levo minha bunda para novos horizontes. E sento — com casaco, jeans, meia e tênis — na praia, em umas cadeiras que lá se alugam. Tomo uma cerveja e fico vendo um surfista que se esforça em águas cinza, na minha frente, solitário. Penso que ele é o sísifo da minha época, subindo e descendo aquelas montanhas de água. E sempre achando que a próxima subida vai ser a boa, a definitiva. A que o levará a um ápice que me escapa, não gosto de esportes.
Penso também que esta é mais uma de minhas frases de fim. Pelo menos, desta vez pensada de fato como um fim.
Chove até um dia antes da minha partida. Chove todos os dias. Um mês inteiro de chuva diária. Chego a gostar.

E há o barulho do mar, que nunca ouvi antes daquele jeito, embora desde criança more perto do mar. Mas não se escuta o barulho do mar em grandes cidades. E este barulho do mar, como o escuto do sofá do apartamento de Arno, se parece mesmo com o barulho de máquinas de costura. É o mesmo ruído que

fariam máquinas de costura, várias delas, em uma garagem de teto alto e paredes de pedra.
(Outro fim.)

O sol só aparece quando entro no táxi para ir embora.
Rodoviária do Guarujá, o primeiro ônibus, rodoviária de São Paulo, o segundo ônibus, Rio. Eu na janela. Alterno miradas nas montanhas com miradas além das montanhas, até que desisto do além, dos aléns. Fico só nas montanhas.
Não sei como Rose trepa com Gunther. Aliás, sei, claro, não há dificuldade nisto. Trepa-se trepando. Nem são tantas, as variáveis. O que não sei é como eles continuam depois. Não sei o bridge, o resto.
Tenho inveja disto.
Tenho inveja dessa cara que não muda. Eu queria ter essa cara que não muda. A cara de quem joga bridge como quem joga pôquer. Me seria útil, ao chegar.
Como responder ao tudo bem.

PARTE III

1.

Santiago tem uma estratégia parecida com a de Rose. Ele também é rápido. Em geral tira a roupa antes, quando está ainda sozinho. Dobra a roupa em cima da bancada, pondo as cuecas e meias, que tira por último, por baixo das outras roupas, como se as tirasse primeiro. Esconde-as. Considera feio deixá-las à mostra. Depois põe um roupão felpudo que pega na pilha de roupões felpudos. Pega sempre o de baixo, para alterná-los, pois sabe que a mulher da limpeza põe os recém-lavados por cima.
Amarra o cinto, sai do banheiro.
Roger já o espera, nu e imóvel, olhos fechados, deitado na cama de massagem. Santiago põe óleo nas mãos e em Roger. Começa pelos músculos. Santiago é um homem belo.

Quando chego ao Rio, Roger está com a pele avivada pelo sol. Cravo-lhe as unhas, lembrando de Santiago. Ele geme sem abrir os olhos, provavelmente lembrando de Santiago. Subo em cima dele e, quando acabamos, desabo na poltrona de madeira escura que fica ao lado da cama de massagem.

A mesma. Ainda.

O apartamento é enorme. É o velho apartamento da Conselheiro Lafaiete que foi dos pais de Roger. Pé-direito alto, mais de duzentos metros quadrados. O apartamento de cobertura em perene construção onde ele morou durante seu casamento é vendido durante o divórcio.

Ponho um roupão.

Quando ele recupera o fôlego, se levanta e vai para o banheiro tomar banho.

Fico na poltrona.

Estilo império, almofadas bordô. Antes havia almofadas estampadas de flores que não mais existem (as almofadas, as flores acho que nunca existiram — grandes, levemente egípcias). A poltrona é um dos vários móveis que ele mantém igual desde que o apartamento era de Arno e Rose, antes da ida deles para São Paulo e, depois, Guarujá. A cama de massagem veio através de Santiago. Alguma reforma do consultório em que sobraram camas. Não sei.

Ele sai do banho se enxugando, ainda nu. Há marcas em sua pele. Hoje sei que são minhas. Nem sempre tive esta certeza.

Vou para o banheiro, pensando em como será não mais trepar com ele.

Ele também acha que os mulungus são estranhíssimos. Mas, no meio mesmo do seu estranhamento, já esboça um enfoque para o release da imprensa, incluindo a cor vermelha como destaque.

Não me espanto com sua presteza. Estou acostumada a ela.

É apenas o dia seguinte à minha chegada e já entramos em

uma rotina que é a nossa. Os encontros, quase fortuitos, na hora em que Lígia — há anos morando com o pai — não está em casa. Na hora que dá, pelo tempo que dá. Ele está me contando sobre seu dia na galeria. Fala também das aulas, dos aprontos para a retrospectiva. Nos permitimos, nestas nossas conversas, uma acidez e um humor de todo ausentes nos textos de trabalho dele. Ou nas conversas nossas com outras pessoas. Enquanto ele fala, às vezes posso estar acariciando seu sexo. E, se trepamos, primeiro tiro a roupa, rápida, eficiente, para que não amasse. Para que não suje. E porque é assim que nós fazemos desde sempre. Eu, como também Santiago. O "nós" aqui sendo eu e Santiago, amigos, cúmplices e, por um tempo, sócios no corpo de Roger.

    Roger acha que sei mais do que sei. Mas não. Sei de como a roupa é dobrada. Da marca do óleo. E nada sobre o que poderia explicar alguma coisa. Se é que existe algo que explique alguma coisa.

    Nós dois começamos — e aqui o "nós" volta a ser eu e Roger. Na verdade, não começamos. Recomeçamos. Houve tantos começos, este apenas um deles. Recomeçamos nosso relacionamento, eu e Roger, uma das vezes, com massagens de finalidade mais ampla que a terapêutica. Ainda é a época do consultório. Ficamos os dois lá, sozinhos, depois do horário. Nessas horas, a médica e seu assistente, Santiago, já foram embora.

    Depois descubro que o arranjo serve também para as vezes em que a companhia de Roger é Santiago, e não eu. Mas isto é depois.

    Às vezes, Roger me pede o mesmo rodeio de como começamos (recomeçamos) há tanto tempo. Sem palavras, fica com as costas arqueadas, voltadas para mim, sentado na cama à minha frente. Igual com Santiago, presumo. Mas não sei do sexo entre eles, não tenho ideia de como é a mão no sexo, a aspereza que

comigo ele não tem. A pegação até o gozo, as posições. Nem é algo em que eu pense, hoje.
Já pensei, e muito.

Não é mais uma questão de tesão, nós dois. Ou só de tesão. Talvez nunca tenha sido.
Gosto dele, acho, não sei mais. Conheço fatos sobre ele, não ele. Faço histórias em que ele possa caber, todas um pouco falsas, como são as histórias. Não sei quem ele é. Acho que, enquanto não souber e precisar portanto fazer histórias, fico com ele. Quando não houver mais nada a adivinhar, tirar, vou embora. Talvez nunca vá. Talvez eu me engane. E nunca acabem, as histórias.

Podíamos nos ter conhecido em crianças.
Não moramos muito longe um do outro. Trilhamos as mesmas calçadas — eu de saia plissada e sapato preto indo à missa dominical. Ele nos clubes para onde o empurram pais e tios, e onde não consegue participar de nenhuma atividade esportiva, nenhuma excursão de grupo. Ele não faz bar mitzvah. Eu faço primeira comunhão. Nenhum de nós imita Tony ou Celly Campello na hora do recreio. E não andamos de lambreta. Quanto à cuba-libre ou ao high fidelity, um por festa já basta tanto para mim quanto para ele. E, em geral, arriscamos nossos goles, as costas suadas contra a parede, mais para o fim das festas, quando fica claro que dali não se abriria, como nunca se abriu, caminho algum para nossas adolescências para lá de complicadas. Na verdade, o que compartilhamos quando jovenzinhos — cada um em seu canto — não são bem as modas mas o estar fora delas. Hoje, compartilhamos um trabalho.

E não as histórias.

Depois de trepar, comemos nuggets — que ele põe no forno de farra, para caçoar de mim. Dois pacotes, desta vez — um para cada um. Ele sorri ao me ouvir contar do apartamento em que não encontro nenhum rigor concretista, mas, ao contrário, pés de sofá quebrados, mesinhas em falso, fios elétricos presos com fita adesiva. E um quadrinho de roseira.
Diz que sempre me leva para programas furados. É verdade.
E é também uma referência afetiva ao nosso passado.
Sorrio.
E voltamos à obra do mulungu.
Parece um ábaco, diz.
As continhas têm um furo microscópico no meio e correm no fio de cobre. Ele primeiro parece se interessar e chega mais perto. Para subitamente. Fica, pálido e sério, olhando fixo para o que, acho na hora, é a última manifestação de vida do pai (não--pai). Que é por isso que fica lá, pálido e sério.
Nossa relação supõe momentos de privacidade a sós, de um e de outro. Me arrumo para ir embora. De qualquer modo, Lígia está para chegar, e a animosidade que ela tem por mim só aumenta a cada vez que constata minha falta de saco em retribuir--lhe na mesma moeda. Acho Lígia chata, cansativa, fala sem parar e, pior, tem por Arno uma idolatria construída, falsa. Em parte porque faz instalações com tijolos velhos e pó de tijolos. E a referência ao famoso da família com certeza a ajuda a obter textos e citações sobre uma herança concretista que ela soube, tão bem, dizem, atualizar.

De manhã, na galeria, encontro Roger no que, no vocabulário que uso para, se não entendê-lo, pelo menos tentar simplificá--lo (e a mim), chamo de piloto automático. Nessas horas ele se torna extremamente gentil e disponível com tudo e todos que lhe sejam desimportantes. E, eu sei, não devo tentar obter sua atenção para nada que seja importante. Adeus, providências que exijam planejamento, pensamento ou mesmo ação. Adeus até mesmo a perguntas que exijam resposta maior do que um hum, hum. Depois ele sai da galeria.

Dá uma desculpa de que deve só chegar bem tarde na casa dele e falo qualquer coisa, eu também, sem prestar muita atenção, no mesmo clima. Não são só as coisas do trabalho, todas atrasadas. Mas, a ocupar minha cabeça, uma reinserção na rotina que vivo de perto e observo de longe ao mesmo tempo. Vou fazendo o que sempre faço do jeito que sempre é o meu, mas me vendo fazer, e em uma adivinhação sobre o que virá a seguir: se um café, se a mala.

Este questionamento vai além de Roger e inclui o que faço profissionalmente. O compromisso com ações sociais nos empurra para as ONGs, na falta de uma ação governamental. Lá, grupos em geral arrogantes fazem o que o poder público devia fazer e não faz. Com um agravante: o serviço público sendo isso mesmo, um serviço público, e o que as ONGs fazem se parecendo muito com favores.

Favores, e a autoestima, tanto mais importante quanto mais em risco a pessoa está, some.

A clientela — e, já no termo, a definição esquisita do relacionamento com os assistidos — se divide em dois tipos. Há os que se sentem ainda mais fragilizados por dependerem do que veem como uma dádiva não controlável (e não algo a que têm direito pela Constituição) e tentam ser "bonzinhos". E há os que,

também se sentindo fragilizados, reagem com rebeldia e são expulsos logo na primeira triagem. E que são os melhores.
Ou seja, não há satisfação à vista a ser obtida por mim, na minha vida, aí também.
Nosso projeto faz atendimento a jovens do Chapéu Mangueira-Babilônia. A meta é elevar seu nível cultural. (E já aí o erro de perspectiva de uma classe social que não tem jeito em sua deformação centralizadora, a nossa. Quem disse que cultura tem nível e que a nossa é superior?) Mas, no lado prático, sim, damos a eles ferramentas para desenvolver alguma habilidade rentável no esporte ou nas artes. Um dos métodos utilizados é o de exercícios de teatro, uma forma de elevar a autoestima, dar noções de cidadania.
Bem, chega, me perco.
É que, embora saiba da inutilidade, ainda me entusiasmo. Um pouco, só um pouco, como em relação ao resto todo. Digo: como em relação a Roger. Mesmo hoje, mesmo depois de tudo. Mas, enfim, é um sentimento geral meu, este, o de que meus entusiasmos não valem a pena.

Há um jantar uma vez, com amigos de Roger. O anfitrião faz um muxoxo para algo que eu falo e que não mais lembro o que é. E acrescenta:
"Ah, não adianta."
Digo que adianta, que cada grão lançado, que cada pessoa que conseguimos transformar...
E iria continuar cada vez mais enfática quando percebo meu ridículo.
Ele também. Ri.
Recomeço a falar, mais alto.
E, em poucos segundos, me vejo aos berros defendendo um

idealismo que percebo, com espanto, no momento mesmo em que o defendo, não ser mais meu, e há muito tempo.

Faço o que faço porque já fazia, então continuo.

Nem sei há quantos anos.

Mas, pelo menos no que se refere à ONG — se não no resto —, há uma mudança. Lá pelas tantas saio do trabalho de campo. Saio porque não consigo mais mentir a cada cara ansiosa que me aparece pela frente.

Hoje sou responsável apenas pelo material escrito. Para o trabalho de campo, vai uma garotada que ainda se entusiasma. Nenhum deles leu nada do que li e leio, isso quando leem alguma coisa. Uma menina comentou ter começado A escolha de Sofia mas largado, por ser muito difícil.

Nenhum deles viveria nada do que vivi e vivo com Roger.

Ficam, se usam, e pronto.

E os rapazes se mostram ferozmente héteros, frágeis de tão ferozes.

É bom sentir e ousar o que Rose sentiu e ousou. E que também senti e ousei. É o que eu acho.

2.

Não é no primeiro nem no segundo dia em que vou ao galpão da ONG que afinal abro a caixa com as coisas da oficina de Arno. Não só pelo fastio com tudo e com Roger. Mas também pelo rapazinho do profissionalizante, a exercitar seu andar de dança, a camiseta enrolada para cima, a calça jeans larga caída para baixo da cueca, a mostrar seus abdominais perfeitos e sua cara de bravo, macho paca, sempre que Roger está por perto. Roger ri, diz que nem nota e, hoje, acredito nele. Fico na dúvida se eu acreditar nele é bom ou ruim.

Mas, enfim, abro. Abrimos. Eu e o rapaz, cada um de um lado da caixa. O vernissage da retrospectiva de Arno está marcado para esta mesma noite, sete e meia. Antes de ir para a galeria, passo pela ONG para apanhar um projetor de luz. Roger decide, para o coquetel do vernissage, fazer com luz, e no corredor externo da galeria, o foco que falta no conceito e na peça-chave da exposição. Ele ainda não está certo se vai ou não ressaltar, em suas palavras de apresentação, a novidade das contas vermelhas. Toda vez que

pergunto, desconversa. Diz algo como: se está na capa do catálogo, não preciso falar mais a respeito.
Passo para apanhar o projetor. Mas é cedo, e não tenho vontade de estar em lugar algum, nem na minha casa nem na galeria. E, aliás, nem ali. Mas é cedo. E resolvo, então, abrir a caixa que veio do Guarujá.
Na minha frente, na bancada de madeira, soldas e pinças saem aos poucos de lá de dentro. O rapaz é cuidadoso, gosta de ferramentas. Pega coisa por coisa e vai dispondo na bancada, enquanto fala, entusiasmado, das utilidades que já vê para cada uma delas.
E entre as lixas e furadeiras diminutas, uma caixa velha de remédio. O remédio da Bayer, muito caro e de uso diário, que Rose toma, já sem adiantar, no estágio final de seu enfisema.

Há muito tempo, minha irmã e eu ainda meninas, há um álbum com as pinturas de bailarinas de Degas em nossa casa. Pois é o que ela quer ser, bailarina.
No apartamento ao lado mora uma família com um velhinho, o dr. Moura, muito doente e frágil. Pedem o livro emprestado. O dr. Moura quer ver as pinturas lá reproduzidas, se distrair um pouco. Minha mãe empresta. No dia seguinte vem a notícia, cochichada para não indispor as crianças (eu e minha irmã): o velhinho morreu durante a noite, dormindo. O livro é devolvido entre choros compungidos. Nunca mais é aberto. Muito tempo depois, eu o abro, tentando recuperar, nele, uma irmã que não mais reconheço.
Em criança, minha irmã costuma pôr talco entre as pranchas coloridas das reproduções, para que elas não grudem umas nas outras e se estraguem. Abro o livro. Há um cheiro ainda existente do talco, e manchas brancas que se formam com a umidade

do papel. Lembro das manchas. Somem assim que se passa um pano nelas, acabando o que é para mim uma sempre surpreendente coautoria do talco na obra de Degas. Mas, antes que passe mais uma vez o pano, encontro uma bula de remédio marcando uma página. A página que o velhinho lê naquela noite e de onde pretende seguir em frente, em um dia seguinte que nunca chegou.

É assim que vejo o remédio de Rose, com o mesmo tipo de ternura aflita, como um pedaço do real, perdido dentro do que já é memória.

Aí abro a caixa do remédio.

Na cartela das drágeas, nas pequenas bolsas de plástico transparente, há ainda duas em seus lugares.

São o mulungu do ábaco de Arno.

Não sei quanto tempo fico com aquilo na mão.

Não sei quanto tempo levo para entender.

Preciso de repente me sentar.

O rapaz me ajuda, que foi? que foi?

E para outros que já se aproximam: queda de pressão — que é como ele explica todas as indisposições, físicas e psicológicas, com que se defronta na vida.

Me levam pelo braço até a cadeira mais próxima. Uma onda de suor gelado me toma inteira, toldando meus olhos. Consigo aos poucos formular um entendimento para mim mesma.

Arno, de quem Rose depende para tudo, cigarros e remédios inclusive, põe todos os dias no seu ábaco de linhas retas as drágeas que deve dar a ela.

Daí o não fazer efeito.

Não sei que outro remédio ele dá para ela no lugar do remédio de enfisema. Vitamina B12, extrato de alcachofra, ômega 3 ou qualquer outra coisa.

Não sei — eu ali no galpão da ONG e a peça de Arno distante de mim, na galeria já arrumada para a retrospectiva — quantas contas vermelhas há no ábaco de Arno. Calculo de cabeça que devam ser umas cem, o que dá a conta certa dos meses em que há a piora no estado de Rose. Peço para chamarem um táxi. Não explico. Ainda não sei como será possível explicar, contar. Preciso ir fazendo as frases aos poucos.

Chego na galeria. Ainda deserta, como eu esperava. Me sento no pequeno sofá de dois lugares do escritório. Fico lá por muito tempo, querendo que seja ainda mais tempo.

As peças de Arno estão no salão principal. Me são visíveis por um canto do olho, mesmo sem querer olhá-las. Quero sair, desesperada de vontade de sair na rua, andar, simplesmente sair, cada vez para mais longe. Não vou. É uma infantilidade. E já escurece. Deve ser tarde. Vão chegar a qualquer momento, as pessoas. O melhor é esperar. Roger está na gráfica para apanhar os catálogos que, como já se sabia, estão com o acabamento atrasado. Ficarão prontos no último minuto, com a costura final e empacotamento dos duzentos exemplares terminando lá pelas seis horas, conforme me informa, histérico, em um celular em que só tive a oportunidade de dizer alô.

Acaba que chega.

Ouço o barulho. Ele largando os catálogos na mesinha do salão. Espero ele entrar. Teve tempo de passar em casa, está de banho tomado, penteado com gel. Seu look vernissage tradicional.

"Você ainda não se vestiu?", diz, transferindo assim, com grande eficiência, o problema — da minha cara, cadavérica, para minha roupa, lamentável. Digo que esta é a roupa com que vou me apresentar. Que acho que está boa do jeito que está.

Revira os olhos. E me informa que o filho de Gunther vai dar um pulo no vernissage quando sair da gráfica. Diz isto como se esperasse mesmo alguma compensação da parte do seu meio--irmão. Compensação pelo atraso, claro, pelo atraso. Não por um pai não compartilhado. Mas não estou com paciência para mais nada. Digo: "Fique aqui, precisamos conversar." Ele responde: hein?, já indo para o salão da galeria. Repito. Ele volta, a cara falsamente interessada. E então digo.

Ele balança a cabeça e repete — acho que falou exatamente a mesma coisa ao chegar, não tenho certeza. Que eu tenho de passar na minha casa e me arrumar, os convidados vão chegar. Não comenta nada do que acabei de dizer. Pelo contrário. Começa a cantarolar uma musiquinha, futuca uma unha, olha para outra coisa, esfrega os olhos, pergunta se tenho colírio. E repete que eu tenho de passar na minha casa e me arrumar.
"O pessoal vai começar a chegar a qualquer minuto."
Não insisto. Em outros tempos insistiria, mas vem cá, fala o que você está pensando sobre o que eu disse. Mas não hoje. Não mais. Descubro, meio perplexa comigo mesma, que acabou.
Como um autômato, faço o que ele quer.

Na minha casa, olho em torno com olhos de última vez.
Boto a saia preta rodada com o sapato de boneca, preto, de fivela, e uma blusa que brilha. Enfio a chave na cintura, por baixo da blusa, detesto bolsa. O dinheiro, na calcinha. Por via das dúvi-

das, enfio, no sutiã, a cartela do remédio da Rose que Roger não quis sequer olhar.
Estou linda não fosse a cara de bunda, nem tudo é perfeito. Vou. Ou melhor, volto.

Na galeria, Roger conversa com alguns poucos. Entro direto no escritório vazio. Pego a garrafa de uísque e meu copo, o que veio de brinde com um uísque, outro, não este, um que já acabou faz tempo. O copo é pesadinho, grosso, e tem a frase: when we're gaun up the hill o' fortune may we never meet a frien' comin' doun. Gosto dele. A frase tem o tamanho exato para ser lida inteira no tempo em que o primeiro gole caubói desce desde a boca até o estômago.

Escondo o copo de volta na estante. Previdente, competente, eficiente e tudo o mais, sei que vou precisar dele outra vez ainda esta noite. Volto para o salão, onde um rapaz de peito depilado sob um paletó sem camisa — isto na parte de cima, na de baixo, avental branco comprido — voeja, sustentado no ar por copos de vinho. Os copos fazem o papel das peninhas coloridas do que seria sua asa, a bandeja. Ainda não estou bêbada, só inspirada.

Voeja rápido, o passarinho, o passarão. Para pegá-lo, só com rede, inexistente. Alguns tentam, com a mão levantada, psiu, os tolinhos.

Armo minha cara de chique, e que inclui providencial e eficiente sorriso de lábios semiabertos e respiração pela boca. O sorriso e a respiração pela boca dispersam o bafo de uísque. Eu disse que sou previdente, competente, eficiente e tudo o mais.

Ok. Estou pronta.

Roger está falando "transubstancialidade" para uma jornalista meio punk. E o pescoço dele, quando fala "transubstancialidade", exala um cheiro quente, que é dele mesmo, misturado com alguma coisa que ele usa, sabonete, xampu, loção de barba, gás Serin ou repelente de mosquito, não sei. Sei que o cheiro sempre me dá vontade de enfiar o nariz, começando pelo pescoço e depois indo para outros lugares mais quentes e com cheiro mais forte.

Abstenho-me por ora. Não me ocorre, neste momento, que eu esteja no caminho de me abster para sempre.

Acontece um lance, no Guarujá, com o Alemão, que não conto por não ter ligação com mais nada do que conto. Parece uma trepada, mas na verdade é um acerto de contas. Lá pelas tantas, escuto, subindo a escada, a musiquinha que ele cantarola sem parar. Chego no meu andar. Ele está lá. Fica olhando meus peitos e eu encaro, ele dá um sorrisinho calhorda de quem olha uma mulher de meia-idade que, segundo tudo que ele sabe da vida, não tem homem, não trepa e gostaria muito de ambas as coisas. No que ele se engana, pelo menos naquele momento ainda não me separei de Roger. Tem o seguinte, detesto sorrisinho calhorda. Seguro o pau dele. Com força, por sobre o jeans dele. Ele perde o sorrisinho.

Em compensação, o pau cresce, o tolinho.

Abro o jeans dele. Quando ele tenta uma mão boba para cima de mim, bato nela com força, não tenta mais. Encosto ele na parede, me enfio em cima dele e fico segurando ele pela gola e me mexendo até gozar, não sei na verdade se pelo pau ou se pela minha mão, ali perto. Não tenho a menor ideia se ele gozou, acho que não, acho que está assustado até agora. Acho que aquele pau nunca mais fica duro. Depois, ele não mais cantarola a musiquinha lá dele. Pelo menos não quando estou por perto.

Isto acontece no corredor externo, as portas dos apartamentos — o meu e o do vizinho — abertas, e o barulho do ajudante dele batendo a marreta do lado de lá da parede.

Bate fraquinho, o ajudante. Sei perfeitamente distinguir a marreta de um e de outro.

Isto antes do meu amasso.

Depois não presto atenção, mas acho que não dá mais para diferenciar.

3.

A transubstancialidade ficou para trás, suplantada por um "visibilizável". Começo eu a cantarolar uma musiquinha. É a mais frequente do carro de som que passa sem parar, o mês inteiro, na rua deserta do Guarujá: quem pode pode, quem não pode se sacode, eu vou votar no dois sete oito nove.
É a do deputado Dalvaci Eu Sou Daqui.
(Citação literal. Não conseguiria inventar tal coisa.)
Volto para o escritório.
Bebo mais um uísque.

Até hoje não sei se, quando conto para Roger a respeito da real natureza medicamentosa do suposto mulungu, o surpreendo ou não. A expressão que vejo é uma que conheço bem, de neutralidade tendendo ao agressivo. Uma espécie de por que você está me olhando? Um e daí?
Não sei.

Ele pode ter sacado ele mesmo, no primeiro momento em que vê a peça, logo quando chego do Guarujá. Esteve na casa de Arno e Rose umas poucas vezes, durante a doença da mãe. Pode conhecer, reconhecer, o remédio, ali, enfiadinho no fio de cobre. Mas talvez não. Ele é rápido em suas reações de defesa. O que mais quer é dar continuidade ao que vinha antes do que o surpreende, seja lá o que for. O que mais quer é apenas continuar, como se nada acontecesse. As frases que diz, nestas ocasiões, são minhas velhas conhecidas. Ele sempre começa por negar, não importa o que esteja materializado, concreto, em frente a seu nariz. Não importa o grau de incontestabilidade das evidências a ele apresentadas.

Exemplos de suas frases. Diz que faço ilações a partir de impressões esparsas. Que junto coisas díspares em um todo fantasioso. Este todo não passando de uma construção mental da minha parte, vítima que sou de neuroses e psicopatias diversas que nada têm a ver com ele, Roger. Ou: o que falo é apenas uma visão — pessoal e parcial — das coisas, uma entre várias outras possíveis. Pois não há nunca uma única verdade. Não há sequer uma realidade apreensível.

E por aí vai. É não em cima de não, acrescidos de suas rimas: uma visão, uma versão, uma opinião, uma radicalização. Eis tudo. O que é quase nada. O que falo é sempre quase nada.

E é o que ele repete, com variantes, neste caso também.

O que falo e mostro pode perfeitamente não ter nada a ver com nada. Remédios e arte, juntos, só na minha cabeça.

E acrescenta. Depois de admitir com um "se" antes — e ressaltando tratar-se apenas de hipótese — que, se de fato as contas vermelhas são o remédio de Rose, ainda assim há a hipótese de Arno ter feito a peça, movido pela dor e pela saudade, com o que sobra depois da morte da mulher que é sua companheira de toda uma vida.

* * *

Uma segunda jornalista, com seu fotógrafo, está agora perto dele. Jornalistas gostam de vir um pouco antes da abertura das mostras. Assim fazem suas entrevistas e fotografam as peças sem pessoas em volta. Quando instadas a ficar e tomar um vinho, sempre aceitam, depois de uma pequena hesitação pro forma. Roger fala com a moça sem vestígio da irritação que acaba de demonstrar por mim. Eu, a que trago interferências desnecessárias e prejudiciais ao bom andamento da programação da galeria. A peça dos mulungus está praticamente vendida. E é mesmo muito boa, uma das melhores de Arno.

Arno também deve ter achado a mesma coisa. Faz a peça. E a guarda, incapaz de jogar fora o que provavelmente considera sua obra-prima. Mesmo que seja, além de uma obra-prima, uma talvez evidência de seu crime. E, neste caso, mesmo sendo uma obra-prima, é incapaz de olhá-la sem parar. Ou deixar que outros olhem. Faz e guarda. Mas emparedada.

Do contrário, se não é evidência de crime, por que emparedar?

Não tenho nada a ver com isso, Roger está certíssimo. Não é assunto meu.

Rose anda nua pela casa, e isto em uma época que não vivi. Não posso recuperar o que se passa na cabeça das pessoas em uma época que não vivi. A guerra. Não sei o que é necessário fazer para conseguir sobreviver ao fato de sobreviver a uma guerra.

Não sei nem mesmo nada de como é viver coisas bem mais leves. Cyll Farney. Alguém pode me dizer como é gostar de Cyll Farney, qual movimento de corpo, qual boquinha de bico se faz para escutar Cyll Farney?

Vou ficando leve.

Foda-se. Não são só Rose, Arno e Gunther que podem dizer foda-se para si mesmos e para seu mundo. Eu também posso.

* * *

    Roger volta uma hora ao escritório para dizer que, seja lá no que estou pensando, ele não quer uma palavra disto com ninguém, e muito menos com Lígia. Já chegou, a princesa. E sei. Ela vai abrir uma instalação daqui a um mês. Comentários desairosos sobre Arno só poderão prejudicá-la, psicológica e comercialmente. E Roger olha feio para mim.
    O resto do tempo que fico sentada no sofá do escritório, o salão cada vez mais cheio de gente, uso para me despedir do ambiente em que passei quase trinta anos da minha vida. O barulho das conversas e risadas aumenta. E é quando penso — e na hora dou mesmo uma pequena risada, lá sozinha — que estou errada. Não é uma vingança, a obra de Arno. Não tem como ser.
    Arno não enfia, uma por dia, as drágeas que deve dar a Rose, em seu fino e reto fio de cobre porque queira se vingar, ah, mulher ingrata, você me foi infiel sua vida inteira, então agora que você depende de mim, rá, rá, vou te matar.
    Imagine.
    Arno não é capaz de sentir tais emoções. Ele não se vinga. E não se vinga porque para ele é indiferente se Rose trepa, se não trepa, e com quem.
    Não é uma vingança, é outra coisa.
    As drágeas são bonitas, de um vermelho vivo, fazem um diálogo interessantíssimo com os fios de cobre.
    É só isto.
    As drágeas são bonitas e ele tem a ideia de pô-las em uma peça, a primeira que sente vontade de fazer em muitos anos, um revival.
    E me ocorre, na hora, que é esta a vingança. Que há, afinal, uma vingança, embora não a que eu tenha primeiramente imaginado.

É uma vingança melhor, a mais completa. Ele não estava se vingando de Rose, matando-a. Ela, sua vagina, seus amantes e seu filho adulterino continuam lhe sendo como sempre foram, absolutamente indiferentes. Ele apenas pega o remédio dela para enfiá-lo na sua nova peça, obra, arte, sua mais nova maquininha, como poderia pegar qualquer outra coisa que chame sua atenção. Para, com a novidade — seja qual for —, repetir mais uma vez os mesmos movimentos mecânicos. Os movimentos que voltam sempre ao ponto de partida. Quem sabe, desta vez, quem sabe, alguma vez, conseguirá que, na repetição mesmo, algo se rompa. E saia por aí, pipocando luzes e sonzinhos para mais além, em uma alegria nunca permitida, uma alegria em escala sideral, sem controle algum, surpreendente.
  Ele precisa das drágeas. Então as usa. Só isto.
  É pior do que eu pensava.

  As notícias, na pequena televisão quase sem som do escritório, dão conta de mais tiroteios, mais mortes, em São Paulo, Rio. Notícias diárias, quase iguais em sua repetição. Mas há sempre o impulso de achar que dá para continuar, que, se nos espremermos até quase sumir. Se encolhermos bem a barriga, os ombros, vai dar para passar, que ainda desta vez não é conosco.
  Nunca somos nós, os da tela. Não somos nós, os com uniforme. Nem os sem.

  Sei como se fazem estas coisas.
  É de um em um, de ouvido em ouvido.
  Pequenas frases, sugestões. E, se um responde, é, de fato, muito bom, na frente do segundo já se acrescenta: inclusive o fulano ali acabou de dizer que também acha.

"Gilberto ainda está no sítio, mas já avisou que vai ficar com um."
E a palavra-chave, "Chateaubriand", não é dita, seria grosseiro, de óbvia que ela é, dizê-la.
Vendas.
Estou há tempo demais sentada no sofá, em sofás.

No salão, cumprimento um, outro.
E começo. Começo como uma atriz começa seu solo em proscênio de chão de tábua, feixe de luz.
Roger me olha de longe. Sinto seu olhar sem precisar averiguar.
Vou de um em um. Meu melhor sorriso.
São raras estas vezes em que consigo deixar Roger sem ação. Em geral é o contrário.
Ele não espera que eu vá ao salão. Costumo limitar minha participação atendendo aos que querem ver lista de preços, o catálogo. No escritório. Não no salão.
Não só estou no salão, como ainda por cima me dirijo aos convidados, coisa que também nunca faço. O olhar de Roger cresce sobre mim. O crítico é ele, eu apenas sua sócia e administradora. Gosto de meu habitual segundo plano. É de onde melhor se observa o mundo. Mas hoje não.
"Uma organicidade totalmente nova e inesperada, no uso do que remete a um produto da indústria farmacêutica, algo que tem prazo de validade, portanto, o que poderia incluir uma abertura para uma iconicidade do mal-estar já preconizado por Freud. Um distanciamento, talvez, um enfado com o progresso iluminista que tanto o influenciou na juventude."
E continuo muito calma, com um, com outro. A cartela do

remédio na mão. Passo a cartela de mão em mão. Não olho, mas sei que Roger empalidece.

O filho de Gunther está em um canto, em companhia de Lígia. A Inacreditável Claudete não veio. Talvez ainda venha. Está cada vez mais difícil manter, pelo menos conosco, o papel de viúva compungida de grande industrial. Além disso, Roger e eu não pertencemos ao mundo em que ela vive. É um esforço estar conosco. E vice-versa. É uma concessão que ela faz, dizer que talvez venha. Nem se chama mais Claudete. Nas colunas dos jornais, Clô.

O filho de Gunther veio com o filho, a quem deu um emprego mais ou menos fictício na gráfica familiar. É um rapazinho de ombros largos que vive de terno e que parece ter assumido o papel, provavelmente com medo de não ter outro, de guarda-costas do pai.

Neste momento, completamente perdido e pouco à vontade no ambiente, o rapazinho de ombros largos examina com grande atenção a gambiarra que sustenta os spots de foco estreito. As peças de Arno tendo, elas, as suas luzinhas, a iluminação que Roger montou para o ambiente é pouca e de focos dirigidos, para não competir.

Vou até Lígia e o filho de Gunther.

Digo o que digo em voz baixa, respeitosa.

Se eles sabem de algum motivo para Arno querer se vingar de Rose desta forma tão cruel.

E se existe processo judicial quando vítima e assassino estão ambos mortos.

A família de Gunther nunca me tratou mal, nenhum deles, em nenhuma das várias épocas diferentes em que convivo com Roger.

Apenas o aperto de mão é sempre com o braço um pouco mais esticado do que eu esperaria. Aumentam, assim, a distância física entre seus corpos e o meu. E a mão é sempre um pouco mais frouxa, já querendo se livrar do aperto que mal se inicia. E existe, claro, a incrível incapacidade deles de decorar meu nome. Há sempre uma hesitação inicial de quem precisa fazer um esforço para se lembrar, como mesmo eu me chamo?, antes de enfim dizê-lo. Nem sempre dizem, usando circunlóquios engraçados para suprir o esquecimento.

O filho de Gunther se afasta de mim, abrupto. Esbarra em mim ao fazê-lo, sem querer, enquanto murmura, o rosto tentando manter sua impassibilidade, que ele não tem a menor ideia do que estou falando.

Sacudo a cartela de remédio no nariz dele.

Mostro para ele, veja só, aqui, ó. Continua andando e me dando as costas, como se houvesse aonde ir, um destino claro à frente, para onde vai, resoluto. A galeria é pequena. Uma parede o aguarda logo ali.

Mas a respiração está curta e forte, eu noto.

Outras pessoas começam a se interessar pela cartela de remédio.

Roger, um copo do vinho branco na mão, está estático, congelado ao longe.

Lígia me segue.

Eu sigo o filho de Gunther.

O filho do filho de Gunther decide abandonar sua pesquisa de gambiarras e nos seguir a todos.

"Apenas uma coincidência fortuita de formas", diz o filho de Gunther.

Sua testa está suada. O filho dele se aproxima mais:

"O que é, papá?"

"Espera, chuchu, te mostro."

E vou até a peça de Arno. Está no suporte que fica bem no meio da galeria, o melhor lugar do salão.

Minhas chaves, sinto-as na cintura, estão no meu velho chaveiro de canivete. É o chaveiro, penso, que irei abandonar em cima da mesa da sala, quando for embora, daqui a uns poucos dias, não sei quantos. Sei que poucos.

Há um burburinho na sala, às minhas costas.

Me viro e digo, olhando as pessoas e sorrindo:

"Uma performance."

O fotógrafo que acompanha a jornalista imediatamente começa a bater fotos com flash. Sorrio para as fotos, a mão pousada na peça. As drágeas estão furadas no meio, para a passagem do fio de cobre. Estão também sobrepostas. O ábaco não é horizontal, mas em perspectiva. São mesmo pouco visíveis, a não ser que se meta a cara dentro da peça.

"Uma performance-surpresa, a desconstrução parcial da última peça será executada até o final do vernissage, obedecendo ao desejo do artista."

E enfio a mão no ábaco.

Uma das drágeas, a última, foi apenas colada no final do fio, sem estar presa por ele, sem ter o furo no meio. Já tinha visto. Retiro-a cuidadosamente com meu canivetinho de chaveiro. A destruição do efeito moiré dos fios é pequena. As linhas retas se abaúlam um pouco, bem pouco. Nada muito impactante. A peça ainda poderá ser vendida para seu pretendente. É o que eu falo.

Trago a drágea assim retirada para Lígia e para o filho de Gunther, ainda juntos, se amparando um no outro.

"Para vocês, em homenagem a Gunther, que foi o principal incentivador de Arno em toda a vida."

Alguém ensaia uma palma mas desiste. O filho de Gunther

não se mexe. O rapazinho, filho dele, pega. No centro da drágea, o B de Bayer. Ele diz:
"Mas isto parece remédio."
E acrescenta:
"Isto é um B?"
"De 'bidu'", digo eu com meu melhor sorriso.
O filho de Gunther tenta pegar, ele também, um comprimido. Mas não os da peça de Arno e sim outro, muito pequeno, de dentro de uma caixinha enfeitada que está em seu bolso.
A mão treme, tem dificuldade. Não tem quarenta anos, é bem mais novo do que eu ou Roger. Mas uma pressão nas alturas e colesterol idem.
Digo:
"Ciao, cunhadinho."
Não fica clara, neste primeiro momento, qual a dimensão do meu ciao. Eu que parto? Ele que morre? Me olha. O filho dele me olha. Lígia também. Começo a cair do papel. Pisco o olho para o filho do filho. Mando um beijinho para Lígia.
E faço um pequeno carinho na mão do filho de Gunther, que continua tentando pegar o Isordil, enquanto acrescento, bem baixo:
"Não vai adiantar."
Mas deve ter adiantado.
Eu saberia se ele morresse na CTI do Pró-Cardíaco, onde é velho conhecido.
E não soube.

Quando saio do meu apartamento, não tenho malas. Tenho duas sacolas de supermercado em cada mão. O resto fica para resolver depois. No hall, ponho as sacolas em uma só mão para abrir a porta do elevador, e me lembro de uma imagem que me incomoda desde sempre. Mulheres, em geral de meia-idade (eu), que saem do supermercado, olhar morto, duas sacolas em cada mão como âncoras a garantir que, por mais que andem, não sairão do lugar.

4.

E aqui estou. Olho por uma janela vazia em uma sala também vazia — uma das minhas situações preferidas. Antes compro um frango assado. Não porque goste de frango assado, mas porque, depois de comer as partes ossudas, ainda terei com que me ocupar, desfiando peito e o que mais sobrar para futuras refeições. Desfiarei bem desfiado, fio por fio. É como garanto mais meia hora de atividade.
São dez e meia da manhã.
Chamo isto de almoço.
A partir das cinco e meia já considerarei razoável jantar.

Jardim Teresa.
São sempre jardins, esses bairros de periferia sem árvores ou plantas de espécie alguma. O apartamento em que estou não é muito diferente do apartamento de Arno e Rose no Guarujá. A caixa vazia da nova televisão Toshiba ColorStream me serve de mesa. Em algum dia da semana que vem, chega o material da

ONG. E aí é apresentar cursos e oficinas às mulheres que me olharão desafiantes, e que falarão comigo em um tom de voz um pouco mais alto do que aquele a que estão habituadas, as abas do nariz um pouco mais abertas, em alerta: vá eu, que chego da sede, achar que por causa disso sei mais, ou valho mais, do que elas, aqui desde sempre e que sabem, elas sim, como são as coisas. E o que fazer a respeito.

Daqui a pouco tomarei um banho no chuveiro elétrico, o programa da tarde.

Não tenho fechado a porta ao usar o banheiro. Me visto em um pequeno espaço que divide o banheiro da sala.

Ainda não o fiz, mas farei: passarei a ir nua até o quarto, onde será mais confortável me vestir.

E não vou fechar a janela da sala por causa disto.

Falta testar, mas acho que o reflexo da claridade externa nos vidros impede que me vejam nua no lado de dentro.

Apartamento térreo.

No final da tarde bate um sol na poltrona. Hoje irei tomar sol na poltrona até que sua ausência, fazendo com que sinta frio na pele recém-esquentada, me diga que é hora de preparar minha salada de fim de tarde e ir ver televisão.

Às vezes me vem o pensamento de que não vou sair do Jardim Teresa nunca mais. Aqui pelo período de implantação da nova regional da ONG, sei que, se ficar, é porque quero. Afasto o pensamento com outros, os imediatos, os necessários para que o dia passe: jogar lixo fora, comprar outra lata de leite. Me animar para, se não hoje, amanhã ou depois, passar uma vassoura na casa — o verdadeiro ato inaugural, o ritual que marca a tomada de posse de uma casa.

De manhã cedo costumo sair para andar. Bem cedo, antes

que as pessoas que sentam no banco do larguinho do final da rua estejam lá. Passeio pela parte do bairro que é considerada chique, uma colina com casas ajardinadas. Me falam que o melhor passeio é subir até o Cruzeiro, uma cruz de cimento, muito grande, que fica em cima de alguns poucos quilômetros de capim-tiririca e cheiro de merda, talvez de vaca.

Gosto destes meus passeios. Passo na ida pelos bancos vazios e, na volta, me deparo com a cara de surpresa de um ou outro madrugador, ué, mas ela já tinha saído? E se fazem estas perguntas sem tirar os olhos do ar, do chão, do longe. Nunca me encaram. Fazem isso com grande competência.

Sei que sabem tudo de mim, que roupa tenho e qual não tenho. De quanto em quanto tempo aparece uma garrafa de vinho na lixeira em frente. Mas este conhecimento é obtido sem que haja um olhar direto, nunca. Acho que será assim dia após dia, dia após dia, e um dia constatarei que estou aqui para sempre e aí não mais me mexerei, a gordura que cerca minha cintura sendo consumida aos poucos, sob meu olhar, eu ficando levemente surpresa com a diminuição da camada de gordura, até que, esqueleto, isto não mais me importe. É nisto que penso, aqui sentada. Nas almofadas atoalhadas de Arno e Rose. Trouxe quando vim, da ONG onde estavam jogadas.

São três e dez, que é quando chega o ônibus intermunicipal. Roger vem nele. Telefona antes perguntando se pode.

Vejo ele vir antes que me veja ou me adivinhe, na janela. Entra, tenta um beijo, senta em uma das duas cadeiras. Fico de pé, encostada à parede.

Diz que veio até aqui para me pedir que volte. Digo que desmanchei meu apartamento, o que ele já sabe. Diz para eu ir para o apartamento dele.

"E Lígia?"

Lígia vai passar uma temporada na casa da mãe. Depois veríamos. Caso ela volte, porque pode decidir ficar por lá para sempre. A tranquilidade e a criação artística etc.

A ex-mulher de Roger mora há muitos anos em uma praia da Bahia, onde arrumou uma casa que batizou de pousada. Os amigos que se hospedam em algum dos quartos pagam por isto. Ela sempre foi bem prática. De vez em quando, vejo seus posts no facebook. Diz sempre que está só de passagem no cyber da cidadezinha próxima. E os posts, com fotos paradisíacas, falam de deus, natureza, dia das mães, glória às mulheres. Às vezes umas poesias sobre o mar.

Roger continua a contar suas novidades. Diz que, pelo visto, minha pequena performance durante o vernissage de Arno serviu para alguma coisa. Ninguém pareceu atentar para a possibilidade implícita de crimes, assassinatos em família. Mas a exposição de Lígia foi adiada. Fala sem azedume, irônico, com seu quase sorriso. Roger diz: venha para a minha casa. E depois se corrige. "Nossa casa."

O impedimento nunca foi só Lígia. São tantos. Entre eles as obras de Arno, guardadas no quarto extra, em seus suportes profissionais, que são bem grandes. Sempre me incomodou aquele quarto.

Ele diz que pretende deixar as obras de Arno em comodato no MAC. Já as embalou nos engradados especiais de transporte, exigidos pela seguradora. Devem ser buscadas até o final do mês em curso.

Depois Roger vai embora.
Pega o mesmo ônibus que o trouxe, e que agora volta.
Ficará aguardando minha decisão, diz, calmo, como quem sabe qual será minha decisão.
O ônibus, para sair da cidade, passa em marcha lenta, a rua

é estreita, em frente de onde estou morando. Ele está na janela. Me olha mas não acena, só sorri, confiante como sempre.

Não sei. Se voltar, entro, digo oi, ponho minhas coisas onde sempre mais ou menos estiveram, eu com gavetas no armário dele, com coisas minhas misturadas por ali e aqui, como ele tinha coisas dele no meu apartamento. Ponho nos lugares onde estarão do mesmo jeito de sempre, e ele falará alguma coisa anódina, corriqueira, como: se eu for usar o carro, para prestar atenção, porque está quase sem gasolina. Ou que amanhã temos um compromisso com fulano, para eu não esquecer.

E vou dizer ok.

5.

Foi minha irmã quem me ensinou, por contraste, a jamais desistir. Ela desistiu. Há uma parte dela em mim e na minha insistência de ficar uma vida inteira com Roger. E há um pouco dela agora, quando percebo que talvez tenha conseguido o que me parecia ora impossível ora ridículo: uma história feliz. E que, por isto mesmo, por eu ter afinal conseguido, nada há mais para eu fazer ao lado dele. Porque ela desistiu sempre, e rápido, a minha irmã. Era muito bonita. Ou não, depende de quem vê. Mas era narcísica, com certeza. Isto ficava claro no jeito como olhava para cima, os braços levantados, os pés equilibrados na ponta das sapatilhas. E este olhar, que se dirigia supostamente para cima, na verdade atravessava as pálpebras e se enchia de gozo ao examinar o em volta. E o em volta, quando se tratava da minha irmã, era em volta mesmo. Quer dizer, ela o centro, e o resto uma circunferência em sua volta.
Dançava.
Houve um concurso. Não passou. Berrou que houve favore-

cimentos. Haveria um outro depois. Não participou. Jogou as sapatilhas pela janela. Minha mãe foi buscá-las. Mandou fazer um molde, em bronze. Pôs no móvel da sala. Ficaram lá, as sapatilhas. E eu com horror delas e com a firme determinação de nunca ter nada de tão pesado quanto sapatilhas de bronze na minha vida. Depois, ela abriu uma academia de ginástica. Faliu. Fez representação de produtos naturais. Parou. Agora pertence a um templo, não sei se é templo, acho que é mais tipo clube, templo ainda é, para mim, alguma coisa no Tibete. Enfim, não sei o que faz, nem como consegue o pouco dinheiro que tem. Muito magra, com saias esvoaçantes mal presas aos ossos que a mantêm de pé, está em geral de branco e esfrega com o dedo uma pomada escura no meio da testa. Era para parecer alguma coisa de espiritual, um terceiro olho, ou uma pinta, mas parece mesmo um pouco de pomada escura no meio da testa. Ainda se considera irresistível. É meu pior pesadelo e uma das minhas piores angústias. Sei, passo a passo, como ela se tornou o que é. É como ela me influencia. E esta história da minha irmã, como as outras, começa sempre antes, tem sempre um antes.

Tenho algumas explicações sobre o porquê da hesitação de Roger, por tão longo tempo, em me ver como sua companheira, como uma pessoa das mais importantes da sua vida. Hoje é isto que ele diz, e é assim que age. Mas sempre penso que esta não foi uma escolha, ainda que tardia, dele. E sim apenas o resultado de eu simplesmente ter ficado parada a seu lado o tempo suficiente para que tudo o mais desaparecesse. Eu de fato nunca fui embora, não de todo. E nossos tantos reencontros foram fruto de acasos cuidadosamente preparados por mim. Armados com artimanhas e a cumplicidade de amigos em comum. Eu. Não ele. A procurar sempre reaproximações, olhares, mãos, eu-te-amos.

Há mais nesta história que já nem sei mais se é minha, de Roger, ou de Arno e Rose, que invento para ocupar nosso lugar em um passado em que ainda não existíamos — para que assim tenhamos um futuro que ainda não existe e que não sei se vai existir. Ou se quero que exista.

E este a mais, a ser adicionado, dependendo de como, pode fornecer afinal uma explicação — lá desde sempre, e desdenhada. Vou pôr no plural. Este a mais são estes a mais. Mais de um.

Por exemplo, todas as vezes que entrei em uma viagem de rejeições e cobranças, porque Roger não seguia o script que eu havia traçado para ele: me amar incondicionalmente. Ou o episódio, muito claro na minha memória, em que primeiro percebi não estar mais apaixonada. Ou nunca ter estado, sendo o que chamei por tanto tempo de paixão uma espécie de transe, muito, muito agradável para quem a tem, muito, muito desagradável para quem a recebe. Não são estes os únicos momentos em que pensei em deixá-lo. Mas os em que vi que isto seria perfeitamente possível. Sem choro.

Ou hoje, em que sonho perdê-lo, em andar por estas mesmas ruas em que ando desde sempre, ou em novas que serão tão parecidas, mas sem carga. Sozinha, absolutamente sozinha.

Deve ser ótimo.

Pontos-finais têm sempre este lado, de alívio, mesmo se pontuam o final de algo muito bom. E não foi muito bom.

Ou sou eu. Vai ver sou eu a pessoa dura e fria que enxergo nos outros. Eu, que nunca estou com Roger sem pensar em não estar.

Mas então é por isto. Porque ficamos juntos por tanto tempo, porque nem sempre trepamos, e porque há todas estas histórias por trás da nossa história, quando Roger me pede para voltar,

eu no Jardim Teresa com uma caixa de televisão no meio da sala, não respondo de imediato.
Me volta a frase atual, a deste momento: vou tentar largar Roger por mais que goste dele.
Totalmente literária, eu sei. Até o momento em que de fato atravesso portas com sacolas e maletas na mão. Faço isso, aliás, algumas vezes. Posso tornar a fazer. Por exemplo. Depois de uma primeira tentativa frustrada de morar com Roger quando éramos muito jovens, saio, vou embora. Vou dividir um apartamento com Santiago. Só ao ouvir o tlec da porta percebo como é fácil, e é, sempre, ir embora.
É só sair.

Na época em que Roger tem a namoradinha com a qual acaba se casando, conto a ele uma coisa. Digo que o que eu gosto, nas mulheres que dançam música espanhola com suas longas saias pretas e sapatos pesados, é do cheiro de suas bocetas quentes, não lavadas há tempo, vibrantes por causa dos golpes do sapateado vigoroso.

Digo que vou, sempre que posso, a esses espetáculos de dança flamenca, e me sento sempre na primeira fila, onde passo todo o tempo a respirar fundo, às vezes achando que consigo pegar algum cheiro mais forte graças às voltas amplas das saias estampadas. Mas pode ser que eu sinta apenas a poeira e o mofo que saem das tábuas velhas dos teatros em que este tipo de espetáculo ainda encontra espaço.

Digo isto a Roger.

Uma tentativa de impor uma simetria. Ele, que se esconde atrás da namorada. Eu, que o cutuco, ande, me conte, pode contar. Nunca conta.

Sei do que sei a respeito de Santiago através do próprio Santiago.

Depois esqueço. Não minha atração por dança espanhola, que perdura, mas meu falar dela a Roger. Roger, não sei se esquece. Tenho, por muito tempo, a expectativa de que venha a fazer referências, ainda que truncadas, sobre saias rodadas. Ou, se em presença de outros, que dissesse algo que só eu entenderia. E riríamos. Nunca o faz. Não aceita nunca minha cumplicidade, minha parceria.

Apesar disto, ou por causa disto, quando vou prestar assessoria ao grupo do Jardim Teresa, na verdade sei, e desde o início, que nossa separação é mais uma ficção da minha parte. Ficar sozinha é um bem, claro. Mas sequer desmancho a mala, aberta no quarto à guisa de armário.

É de Ernst que traço a origem da persistência com que Roger se dedica, por tantos anos, ao que chama de sexo em estado bruto. E que consiste em idas a saunas onde o esperam toalhas sempre brancas e efebos menos brancos.

Há — ou havia — outros programas. As paradas de poucos minutos, luzes do carro apagadas, dentro dos túneis de Copacabana. Lá, um travesti de ocasião abocanha o que ele põe para fora das calças. Com movimentos ritmados de língua e sucção oferece o que Roger não obtém, na época, de nenhum outro modo. Sempre foi complicado. Sempre.

Muito antes da trepada com todos na sala e quando ainda

somos pouco mais que adolescentes, deitamos juntos algumas vezes em um apartamento que é o nosso, embolados para ver o Chacrinha na televisão pequena e de imagens tremidas. O dinheiro vem das aulas particulares dele e da mesada que minha família mantém para mim, contanto que eu não largue a faculdade — que, aliás, já larguei e minto, dizendo que continuo frequentando. Não lembro de dinheiro ou de preocupações com dinheiro. Lembro do sofá, de nós embolados nele, e das brigas, violentíssimas, em que pergunto se ele não gosta de mim, e qual o motivo de ele não querer trepar comigo.

Quanto mais eu brigo, menos vontade ele tem, diz. Esta é uma de nossas fases ruins. Outras viriam.

Acabamos por descobrir um caminho. Começa, recomeça, com as massagens, eu já estagiária no consultório de fisioterapia. Já não moramos juntos. Estamos prestes a tornar a morar juntos.

Uma partida de futebol, ele que detesta esporte. Distende um músculo. Não tem dinheiro para a fisioterapia. Lembra de mim, sabe do meu estágio no consultório. Ainda tem meu telefone. Pergunta se posso quebrar o galho. Falo para ir ao consultório na hora do almoço. Vai.

Faz dez sessões comigo. Depois outras sem conta, fora do consultório. Como venho a descobrir, há mais sessões, igualmente particulares, com Santiago.

Quando este reencontro acontece, já vai longe minha primeira tentativa de morar com ele.

Tentativa esta acompanhada de outra tentativa: a de encobrir minha vida privada lamentável na frente de amigos que me invejavam. Eu, tão jovem, já com aquela vida legal, morando com meu namorado, o sonho de todo mundo.

Agora, ao pôr uma ordem — outras são possíveis — nestas

histórias, fico tentada a encobrir as dificuldades, tantas e tão óbvias, para que eu não nos descreva com a falta de sentido que nos definia. E talvez defina.

Há, por exemplo, um motivo claro para irmos, os dois, quase crianças, para aquele primeiro apartamento. Mais uma vez, minha irmã.

As tentativas de trepada, e as brigas subsequentes, acontecem antes de irmos morar juntos. Vêm desde sempre, nós dois na mesma universidade, ele acabando de entrar em filosofia, especialização em artes. Eu, em fisioterapia. Tentamos trepar, brigamos, e a cada nova briga nos encontramos, depois, nos corredores e pátios, cada um abraçado a seu fichário, um escudo de gladiadores mortos de medo. E, lá mesmo, nestes corredores, recomeçamos incansáveis a nossa batalha particular, uma inevitabilidade. Nem eu nem ele querendo ou tendo outros caminhos a nosso dispor.

Ele vai à minha casa, eu muito raramente à dele.

Na minha casa, passamos as horas, os dois, em frente a um móvel da sala, amplo mas com lugar para apenas uma cadeira. Na frente da cadeira, a máquina de escrever moderna, de esfera, que é o motivo — ou o único motivo que dá para ser anunciado — das visitas dele.

Ficamos ali, tarde após tarde, em duas cadeiras que juntamos no espaço exíguo, debruçados sobre a máquina, em sussurros e beijinhos de língua. E em datilografias aleatórias e ocasionais, o barulho afastando a curiosidade alheia. Neste móvel há uma gaveta onde minha família guarda o dinheiro imediato, o destinado a gastos pequenos, diários. Depois de uma destas tardes com Roger, minha família dá por falta de uma das notas da gaveta.

Minha irmã acusa imediatamente o meu amigo que vive filando o almoço, que parece nem ter casa. Ou família. Retruco com horrores a respeito da faxineira. Mas eu sei.

Por mais de uma vez Roger demonstra inveja do pouco controle em relação a dinheiro que ele vê na minha casa. E de fato. Em um envelope no armário de meus pais, põe-se o graúdo. Na gaveta, o mais ou menos. E o miúdo sai do bolso de qualquer um, em notas amassadas e não controladas, para trocos e padeiros.

Roger tem dois alunos particulares. Um, longe, para onde vai de carro cuja gasolina precisa anotar com precisão e pagar ao pai. Não sobra muito. E ele confessa ter vontade de, um dia, saindo da minha casa à tardinha, caminhar a esmo, parando em restaurantes, cinemas, bares, boates, ruas perdidas e becos, até o sol nascer. É um primeiro vislumbre, light e ainda anterior ao nome, de seu futuro interesse em sexo em estado bruto.

No dia em que a nota some, saio de casa para ir à faculdade e, lá, o trato friamente.

Na volta, ele corre para pegar o mesmo ônibus que eu. Fica em pé encostado ao banco onde sento, embora haja lugares vagos mais para trás. Fica lá, desajeitado, sem falar nada, até chegar ao seu ponto, dois antes do meu.

Na hora de descer, deixa cair, praticamente no meu colo, a nota amassada sumida da gaveta do móvel da minha sala.

Pelo telefone, logo depois, diz que é uma tentação de momento, que acontece em uma hora em que me levanto da cadeira, e que se arrepende na mesma hora. Mas que eu não mais saio, depois, de perto dele, e ele não tem a oportunidade de devolver a nota.

Redobro os horrores sobre a faxineira, que acaba despedida apesar da relutância da minha irmã, que nunca acredita em sua culpa.

Uma semana depois do ocorrido, uma amiga de minha irmã pede uma recomendação de alguém que possa ajudá-la a estruturar um projeto para a faculdade. Em falta de outra pessoa, minha irmã fala do Roger. Logo depois, ela telefona dizendo que um disco do Baden Powell, uma estrela ascendente da época, simplesmente some de sua casa.

Minha irmã não hesita. Só pode ser o Roger. A amiga, furiosa, liga para a casa de Roger para tirar satisfações. Fala com Rose, que faz um escândalo.

Roger, de saco cheio, vai para a casa de uns amigos, temporariamente, enquanto resolve o que fazer da vida.

Digo que eu também não aguento mais a minha casa.

Ele fica sabendo de um apartamento, alugado por um colega dele que está de partida para o exterior, paranoico com a situação política. Herdamos o aluguel. Antigo e barato.

Ficamos por um ano e oito meses. O disco reaparece logo depois de nossa mudança. Tinha caído atrás de um móvel.

6.

Roger chega a ter alguma atividade política nos anos 60. Eu não. Ele organiza, junto com o pessoal do diretório, ajuntamentos--relâmpago que se formam no parque que fica na lateral da faculdade. O local é estratégico. É para onde se abrem as janelas da maioria das salas. A tática é cada um vir de um canto e se juntar de repente no parque. Alguém sempre traz uma cadeira ou banco onde um deles sobe, grita palavras de ordem às quais os outros respondem em coro e com os punhos fechados. E somem em seguida. Em uma foto da polícia de um destes ajuntamentos, Roger segura a cadeira em que outro está. Roger tem, nesta foto, sobrancelhas fechadas, o rosto todo fechado. Mais do que as palavras, que são as esperadas, é a expressão fechada, cheia de raiva e ressentimento de Roger, o que para mim mais traduz o que vivemos então. Uma impotência. Geral, muito maior do que a sexual. Por muito tempo vejo tudo como uma coisa só. Vejo como algo ligado à política sua pouca disponibilidade para relacionamentos pessoais. Demoro a perceber o nível de complicação de seus vinte e poucos anos. E dos meus.

A namorada dele, que ele vai arranjar no dia seguinte a uma de nossas brigas mais fortes, não compartilha essas dificuldades. Vê Flávio Cavalcanti na televisão. Vai à praia no Castelinho. Usa minissaia com calcinha de cetim vermelho, que brilha no escuro. E a usa especialmente quando sabe que vai subir ou descer os degraus do Teatro Santa Rosa. Roger se afunda em LSD e maconha. Ela lê Fernão Capelo Gaivota. Ele, Arquipélago Gulag. A mim, só me resta caçoar em voz bem alta — quem sabe eu me escuto — do musical Love story.

A namorada de Roger não lê o Jornal das Moças, a revista Querida ou a revista Claudia. Mas há um eco, que chega até mesmo em quem não lê, sobre o que é considerado, na época e por muito tempo depois, um casamento moderno. Minhas lembranças sobre o assunto são tênues, mas está na internet para quem quiser procurar:

Se desconfiar da infidelidade do marido, a esposa deve redobrar seu carinho e provas de afecto (revista Claudia, 1962);

A desarrumação numa casa de banho desperta no marido a vontade de ir tomar banho fora de casa (Jornal das Moças, 1965);

A mulher deve estar ciente que dificilmente um homem pode perdoar a uma mulher que não tenha resistido a experiências pré-nupciais, mostrando que era perfeita e única, exactamente como ele a idealizara (revista Claudia, 1962).

Já estamos afastados, desistindo da convivência, quando eles se casam.

Depois frequento a casa deles. O pôquer. Mas é depois.

Do casamento, Roger pouco fala quando nos reencontramos. Quando o faz, é para ressaltar que se trata de casamento só em cartório. Ter escapado da cerimônia ritualizada dos casamen-

tos de sua religião — aliás, de qualquer uma — é o único ponto de glória a seu favor.
O vermelho da calcinha, mais que um chamariz, é um aviso de perigo. Se comigo ele brocha assim que o contato físico ameaça se tornar total, com ela, Lígia a comprová-lo, ele se sai um pouco melhor. Mas o casamento dura mais do que seu fugaz tesão.

Este reencontro entre nós — ele casado — se dá em uma fila de cinema, eu estou com uma amiga, ele sozinho. Insisto para que sente conosco, ele o faz. No meio do filme comenta algo, baixinho, sobre o filme. Respondo que não estou prestando atenção no filme. Ele sorri no escuro, aperta minha mão, me informa que ainda está casado e me convida para o pôquer. Vou. Nunca chego a pertencer de fato a este grupo do pôquer. Sou apenas uma amiga de Roger que joga mais ou menos. Mas não me incomodo com minha pouca importância. Sou uma entre muitas amigas dele. Ele, para mim, um entre outros.
Depois acontece a trepada no banheiro. E, depois, o pôquer vira profissão. Quando torno a me afastar dele, estou grávida sem ainda saber. Depois, divido por um longo período um apartamento com Santiago. Só o aluguel, não a cama. Santiago não trepa com mulheres. E vai pegar, sem nem saber que há risco de pegar, uma doença fatal que mal ainda tem nome.

Santiago muito fraco, desço para comprar groselha para ele, a groselha com muita água e açúcar sendo uma das poucas coisas que ainda consegue engolir. Quem cuida dele é a médica com quem nós dois trabalhamos, por um período, no consultório de ortopedia e fisioterapia. Devo a ela conseguir ficar perto de Santiago. Ela insiste, olhando dentro dos meus olhos, que nem eu

nem o bebê, ainda na minha barriga, temos risco de pegar a doença apenas por estar perto.
O bebê está para nascer. Não tenho pai para ele, ou para apresentar à minha família.
Santiago me pergunta por que não ele. Fala isto num dia em que me aproximo da cama dele e ele diz ter sonhado comigo. Passeávamos, os dois, por um lugar lindo, e ríamos. Hesito antes de aceitar a oferta. O bebê nasce, ainda demoro um tanto. Enquanto isso, Santiago morre a cada dia um pouquinho, na minha frente.

Santiago é argentino. Vem para o Brasil depois que o pai, um policial, o ameaça de revólver, a ele e ao irmão, porque dançam na sala enquanto ele, o pai, tenta conversar e beber cerveja com um amigo também policial, na varanda.

Ricardo tem quase seis meses de idade quando volto ao cartório com Santiago e outro amigo, lá apenas para segurá-lo: Santiago já mal consegue andar.

Ricardo recebe o sobrenome de Santiago, Silva. Pois Santiago, como Velázquez, cujo nome completo é Diego Rodríguez de Silva y Velázquez, também tem um Silva lá no meio do seu nome, de algum cristão-novo português desgarrado de sabe-se lá qual Tordesilhas.

Quando Ricardo tem três anos, tornamos a nos encontrar, Roger e eu.

Um novo reencontro. Ou não. Um encontro de novas pessoas. Estamos diferentes.

Descobrir nas feições dele, mais maduras, os vestígios do que ele foi e, que bom, não mais parece ser, passa a ser um de meus novos prazeres. Tenho a certeza, digo para mim mesma, tentando me convencer disto, que é para a vida toda, nós. Eu olho para ele, busco semelhanças com o que lembro dele, e lembro da louça que fui. Ou ainda sou, então. E que, bobeia, ainda sou, hoje.

Olho para ele e lembro do que eu costumo usar naquela nossa primeira casa, durante os poucos meses em que, crianças, coabitamos. É uma espécie de bata, comprada em Carnaby Street, batendo um centímetro abaixo do fim da bunda. Uso sem nada por baixo. A bata é de renda grossa, toda furada. E isto quando usava. Porque bate sol na nossa varanda, e gosto de tomar sol nua. E nua também fico, pela casa. E, se berram lá de baixo um posso subir?, abro a porta e digo olá, antes de sumir dentro do apartamento. Para pôr a bata. É chato haver tantas semelhanças. Porque não quero fim igual.

Marco um encontro de final de tarde nas Lojas Americanas do Passeio Público.

À minha volta, pés inchados de um dia inteiro de trabalho aparecem debaixo das outras mesas de metal. Um pedaço de torta com muito creme balança na ponta de um braço magro, com tatuagem, a levá-lo até uma boca envolta por barba por fazer.

Na fila do caixa, cartões de crédito para despesas de um real e setenta centavos.

Um cartaz me avisa: Americanas muito mais cartão, faça já o seu.

E há ofertas imperdíveis de quatro reais e noventa centavos.

À minha volta, jantam lasanha congelada Sadia, que a lanchonete esquenta grátis em um micro-ondas. É o jantar apressado de antes de um ônibus de mais de uma hora de viagem. Ou de uma aula noturna nas redondezas.

No microfone, toalhas de banho Santista a dois e noventa e nove, promoção só hoje, aproveite.

E no telão, Paul McCartney, hey Jude, don't let me down. Há um estande das revistas. A intimidade de Camila Pitanga (Contigo). Leio uma frase em outra capa: Cheguei a vender quentinhas, a perseverança dos famosos (na Quem).

Roger vem do dentista para se encontrar comigo. Está com problemas na gengiva. Combinamos aqui, nas Lojas Americanas. Depois iremos juntos para casa.
Ricardo chega semana que vem de uma pós-graduação nos Estados Unidos. Roger é quem paga esta viagem, tão importante, para Ricardo. Paga, aliás, todas as despesas maiores dele, as que eu teria dificuldade em pagar. Pensa em dar o carro, que está em bom estado mas que ele quer trocar por um zero, como presente de boas-vindas.

É o pai dele.

Nunca falamos sobre isso. Nunca me perguntou.
Há pouco tempo fez uma referência à minha dança no chão de cimento, sob a lua.
Falei que eu não sabia que ele havia visto.
Sorriu.
Disse que sabe de mim bem mais do que eu acho que ele sabe, o que é uma frase como qualquer outra, não quer dizer nada. Pode ser que desconfie a respeito de Ricardo ser seu filho, pode ser que não. Para mim não faz diferença. Acho que para nenhum de nós. Ou talvez sim. Gostamos, cada um de seu jeito, de ter nossas histórias. Roger tem a história de que cuida de Ricardo "como se fosse filho dele". Não haveria tanto brilho em seu

desvelo, com Ricardo sendo de fato, como é, filho dele. Ricardo também gosta da sua história, o pai morto, uma qualidade etérea, a de fantasma, a apontar para outra, a de não hétero.
E eu preciso de uma história que não tenha acabado. É o que me faz ir em frente. Até aparecer outra coisa.

Ricardo tem um retrato de Santiago, ele ainda aparentando saúde, em um porta-retratos que levou para os Estados Unidos e, com certeza, trará de volta. Só se refere a Santiago como sendo o seu pai, morto quando ele ainda é um bebê. Gosto de olhar esse retrato. Estou ao lado de Santiago no início da gravidez, segurando a barriga, e nós dois sorrimos, abraçados. Nunca perguntam quem é o fotógrafo a tirar este retrato. É um americano. Santiago o conhece um fim de semana, em uma sauna na Gomes Carneiro. É quem lhe passa a doença.

Relendo isto, senti que alguma coisa me incomodava. Lembrei dos olhos ágeis de Rose, sempre prontos a acompanhar uma risada de escárnio, compor um muxoxo de desprezo.
Rose nunca foi vítima. Nunca aceitaria ser vítima.
Percebi então onde me enganava.
Não foi Arno, o autor de nada.
Foi ela, até o fim.
Queria morrer, como quiseram tantos dos que viveram o que ela viveu. Deve ter percebido as primeiras trocas do remédio, às escondidas, por um Arno tão pouco firme.
Deve ter rido às gargalhadas, se ainda tivesse forças, ao ver Arno executar uma metáfora ridícula, ao enfiar seu aramezinho mole e fraco nas pílulas vermelho-sangue.
Deve ter tomado uma por uma as drágeas substitutas que ele

lhe oferecia. E, se houve em algum momento alguma hesitação da parte dele, deve ter ordenado: "Esta não, aquela, aquela outra, a falsa."
Apavorando-o como sempre fez, a vida inteira.
Morreu porque quis.
Arno apenas obedeceu.

Ou, se eu quiser, e às vezes quero, ela pediu. Explicitamente. Amaram-se então mais do que eu possa sequer imaginar. Amaram-se não no bom, mas no pior. Quero dizer, incluindo a merda de cada um, o mau hálito, a amargura vinda do estômago e as outras, vindas do resto todo. Amaram-se como só se ama nas ocasiões em que o mundo acaba.
Ao escolher esta hipótese entre todas as outras, fico, claro, com o lucro.
Tenho, afinal, uma história de amor.

Ou não.
Nada disso. Nada. As drágeas vermelhas do último ábaco estavam fora da validade, daí terem sido usadas para sua finalidade artística e não medicinal.
Nada aconteceu. Não há história alguma. Nada que os destaque, que nos destaque.
Somos todos sem sentido algum mesmo, em nossas vidinhas em que nada acontece.
E eu e Roger somos só isto mesmo, sem muito nome, sem sentido algum.
Digo isto a ele.
"É verdade", responde. Mas não ri.
Continuo sem saber como acaba.

1ª EDIÇÃO [2012] 1 reimpressão

ESTA OBRA FOI COMPOSTA PELA SPRESS EM ELECTRA E IMPRESSA EM OFSETE
PELA GRÁFICA PAYM SOBRE PAPEL PÓLEN SOFT DA SUZANO S.A
PARA A EDITORA SCHWARCZ EM ABRIL DE 2022

MISTO
Papel produzido
a partir de
fontes responsáveis
FSC® C133282

A marca FSC® é a garantia de que a madeira utilizada na fabricação do papel deste livro provém de florestas que foram gerenciadas de maneira ambientalmente correta, socialmente justa e economicamente viável, além de outras fontes de origem controlada.